Lilly
Bartel-Uhlik

Sammelsurium

Mehr Blumen während des Lebens u.s.w.

1. Ausgabe 1998

ISBN 3-9500923-0-7

Satz und Druck: Kure & Co. KG, A-1060 Wien

INHALTSVERZEICHNIS

VORWORT

Mein „SAMMELSURIUM" ist das Ergebnis schlafloser Nächte. Krampfhaft bemüht, den Schmerzen, Sorgen, Widerwärtigkeiten, Ungerechtigkeiten und den Gemeinheiten zu entfliehen, fanden sich viele Gedanken. Es ist heute noch ein sehr harter Kampf, ein zähes Ringen. Leider!

In diesen Nächten erwachte das Elternhaus, die Kindheit und Schulzeit. Es war alles zum Greifen nahe: Die wunderbaren Stunden, als Eltern und Geschwister bei frohem Gesang in der Gartenlaube versammelt waren, musiziert und gesungen haben, sehr oft bis Mitternacht. Zu den Wochenenden hätten wir rund um die Uhr singen können, weil immer „Noch ein Lied" verlangt wurde. Da gab es weit und breit keinen Nachbarn, der nicht mit unserem Musizieren einverstanden gewesen wäre. Im Gegenteil! Es wurden auch immer lustige Gedichte, oder auch ernste Werke vorgetragen, je nach Lust und Laune.

Diese Erinnerungen standen greifbar im Raum. Ich roch sogar den Flieder und die Rosen; meines Vaters ganzer Stolz. Durfte ich doch beim Okulieren immer helfen. Längst Vergangenes, Vergessenes, Gedichte und Lieder wurden wach, riefen förmlich nach Auferstehung. Aber oh Schreck! Ich hatte vieles vergessen. Nur teilweise konnte ich manches Werk vor mich hinmurmeln oder summen. So grub ich in meiner Vergangenheit bis alles mir lieb Gewesene wieder erstanden war. Ich rezitierte und sang so lange, bis sich meine Erinnerungs-Werke wieder einigermaßen geformt hatten.

Wo der Urtext aber nicht und nicht zu finden war (Telefonate, Büchereien, Schulen usw.), da ließ ich meiner Phantasie einfach freien Lauf. Siehe da, es formte sich vieles zu meiner Zufriedenheit. Manches ist mir sehr gut gelungen, leider nicht alles. Manche Werke und Autoren zu finden, war mir nicht möglich.

Ich bitte um Vergebung, wenn Ihr von „Hoch oben" auf mich kleinen Wurm herunterblickt, mein verzweifeltes Suchen belächelt.

Seid mir nicht böse, sollte nicht alles zu Eurer Zufriedenheit ausgefallen sein. Eure wunderbaren Werke, die ich so liebe, die ich nicht mehr vergessen werde, sind mir sehr ans Herz gewachsen. Meine kläglichen Versuche, sie haben mir geholfen, sehr geholfen, schlaflose, schmerzhafte Nächte zu überwinden. Euch verdanke ich die bezwungenen Nächte und den eisernen Willen, etwas zu schaffen.

Es sind Werke aus längst vergangener Zeit, ergodessen „ANTIQUARISCH", so wie ich. Ich mußte sie einfach wieder zum Leben erwecken. Es sind auch Begegnungen und Erlebnisse, die für mich schicksalhaft, für mich wert waren, zu Papier gebracht und geformt zu werden. Man schöpft dadurch viel Kraft.

Wessen Herz voll ist, dessen Mund geht über, sagt man. Hat man aber niemanden der einem zuhört, geduldig zuhört, muß man sich halt diesen unschuldigen, weißen Blättern anvertrauen. Wie erlebt, wie empfunden – frei von der Leber weg – alles festhalten. Es hilft, glauben Sie mir.

Man darf aber die Erwartungen nicht zu hoch schrauben. Man muß mit den Füßen auf dem Boden bleiben, und mit den Händen versuchen den Himmel zu erreichen. Denn Langeweile führt nur zu dummen Gedanken. Außerdem ist die Schreiberei der beste Wind für mein „zerschliessenes Segel". Das tägliche Tage-Werk fröhlich beginnen. „Ja"! Und singe, wem Gesang gegeben, denn wo man singt, da laß Dich ruhig nieder, weil böse Menschen haben weder Sinn für Blumen noch für Lieder.

Bis zu meinen Operationen war ich sehr beweglich. Mit täglicher Frühgymnastik, eine halbe Stunde, hielt ich mich fit. Man sagte immer: „Sie gehen nicht, man sieht sie nur fliegen". Und nun bin ich zum Nichtstun verurteilt. Das ist das Allerschlimmste, das einem passieren kann. Man muß sich beschäftigen. Wenn es körperlich nicht möglich ist – ja dann eben geistig; nur nicht locker lassen, immer wieder Neues beginnen. Sie können sehen, was bei mir daraus geworden ist.

Viele Wege führen nach Rom, sagt man, aber auch ans Ziel, das man sich gesteckt hat.

Immer lustig und vergnügt, wenn auch der Arsch im Graben liegt. (Sprichwort während des Krieges.)

DANKSAGUNG

Es ist keine Schande krank zu sein, aber es ist eine Schande nichts dagegen zu tun. Da ich krank bin, muß ich etwas dagegen unternehmen. Nur bin ich in der mieslichen Lage, mit der Zeit nicht mehr sehr großzügig umgehen zu können. Mir läuft die liebe Zeit davon. Ich habe dagegen etwas getan, wie Sie gleich sehen und lesen werden. Also frisch ans Werk! Der Guß kann beginnen.

Es gibt „solche" und „solche" Menschen. Die einen möchte man in das sogenannte, berühmte „Pfefferland" für immer verbannen, die anderen... ja bei den anderen möchte ich mich auf diese Weise besonders herzlich bedanken, für die Anteilnahme, das Mitgefühl, die gerechte, in manchen Fällen, sehr schwierige Beurteilung, und auch fürs bestimmt geduldige Zuhören. Allen denen, die mir damit sehr viel geholfen haben, meinen einmal eingeschlagenen, beschwerlichen Weg weiter zu marschieren, nicht aufzugeben.

Sie gaben mir Kraft! Sie gaben mir Kraft, wenn ich mutlos und verzweifelt war. Es war einfach Balsam für meine wunde Seele. Zu hoffen allein genügt aber nicht, weil die Hoffnung ein sehr langes Seil ist, an dem sich schon sehr viele zu Tode gezogen haben. Es geht aber nur mit einem eisernen „ich will". Ich will – dies Wort ist mächtig, sprichts einer leis' und still, die Sterne reißt's vom Himmel, das kleine Wort „ich will"! Aber mit Geduld und Spucke, fängt man auch eine „Mucke"!

Dieses Buch hätte nicht entstehen können, auch daß ich noch lebe, wenn ich nicht einen so wunderbaren „Hausarzt" hätte. Meinem Hausarzt, **Dr. Kurt Uher,** verdanke ich es, daß ich noch immer, dieser schnöden, und doch so schönen Welt erhalten geblieben bin. Er erhält mich immer noch. Unserem Herrgott danke ich täglich, daß es Dr. Uher gibt.

Apotheker **Mag. Walter Janku,** seinesgleichen und sein Team, müßte man mit einer sehr starken Lupe suchen, wird man aber nicht finden können.

Für die seelische Betreuung muß ich seit mehr als zehn Jahren Frau Oberin **Gisele Lukesch** besonders danken. Bleiben Sie weiterhin meine gute Fee. Gottes Segen, auf allen Ihren Wegen.

Auch **Dr. Walter North** darf ich auf diesem Wege danke sagen.

Dem mobilen Pflege-Personal gebührt ein ganz dickes Danke, Schwester **Gabi John** ganz besonders.

Meiner Therapeutin, Frau **Christine Wissekal,** danke. Sie haben goldene Hände.

Schwester **Diana Puchta,** an sie werde ich wohl immer denken. Sie kann was und versteht ihr Handwerk.

Dr. Ahmad und Frau **Edith Turk,** danke ich für ihren spontanen Besuch, Nachbarn wie aus dem Bilderbuch.

Frau **Heidelinde Acs,** Sie waren die berühmte Retterin in der Not! – Dachte nicht, daß es so etwas noch gibt.

Frau **Elvira Pfabl,** Sie haben meine ganz spezielle, große Bewunderung, ein ganz dickes Danke.

„Wo ein Wille ist, ist auch ein Weg", ein bekanntes Sprichwort, Sie bewiesen es, liebe verehrte Frau **Renate Fehrer.** Sie haben das fast Unwahrscheinliche dennoch gemeistert, einem verkannten Park-Problem zu einer gerechten Entscheidung verholfen. Im Namen aller Autofahrer – herzlichst danke.

Frau **Hannelore Atzler** – ich denke immer noch mit großer Dankbarkeit an Ihren Besuch. Einen für mich sehr beschwerlichen Weg ersparten Sie mir. Nochmals danke.

Frau **Dir. Maria Theumer,** daß Dich Deine Schüler heute noch so verehren, kann ich sehr gut verstehen. Glückauf liebe Maria.

Frau **Gertrude Sterr** ist und lebt christliche Nächstenliebe. Ihr ist das Himmelreich sicher.

Liebe Frau **Irene Losek,** wir kennen uns schon viele Jahre. Es ist mir ein Bedürfnis, Ihnen für Ihre Treue auf diesem Wege ein herzliches Danke und viel Glück zu sagen.

Frau **Olga Molnar** – Ihre tatkräftige Hilfe, Ihre Liebenswürdigkeit, ist selten; danke!

Da kenne ich auch zwei Supermänner, die sind aus sehr seltenem Holz – der eine ein exzellenter Weber, der andere aus „Ebenescholz". Ha – Ha – nun habe ich Euch beide doch noch erwischt. E' scho' wissen!

Wenn von treuen Freunden die Rede ist, fallen mir sofort das Ehepaar **Christine und Otto Schindler** ein. Freunde in der Not, geh'n hundert auf ein Lot. Hier bräuchte man, weit, weit mehr. Danke ihr beiden.

Liebe Frau **Liane Augustin** – Sie haben mich oft geduldig am Telefon ertragen, daß man Sie einfach gern haben muß. Viel Glück in Ihrer jungen Ehe.

Liebe Frau **Renate Hissek,** es war für mich eine sehr schwere Zeit – auch für Sie. Im Umgang mit Kunden sind Sie eine liebenswerte, hilfsbereite Person.

Verehrter Herr **Kirschner Josef,** Ihr imaginärer Zeigefinger hat viel dazu beigetragen, daß ich jetzt tippe.

Frau **Ludmila Wallner** (28iger Wallner), Gottes Segen für Sie und Ihre Familie, bleiben Sie gesund und munter und recht viel Glück.

Familie **Richard Schmidt** ein ganz dickes Danke für alles.

Noch einmal **Schmied – Frau Hermine und Gatten,** Euch beiden wünsche ich alles erdenklich Gute für die Zukunft.

Ing. Claudia Elian, wir haben uns auf ganz eigenartige Weise kennen gelernt, ich freue mich darüber, ein bisserl hoffe ich, es ergeht Ihnen auch so. Sie sind großartig! Die Firma Manner kann sich glücklich schätzen, Sie als Mitarbeiterin zu haben. Wenn Sie auch so süß wie „Manners" Erzeugnisse sind, kann in Ihrem Leben nichts, aber auch garnichts mehr schief gehen. Danke.

Frau **Isabella Neubauer** und Herr **Kurt Varga,** Ihr verdient ein ganz herzliches Danke. Wenn ich von meiner Schwester aus USA eine Geschenksendung mit einem Schreiben erhalte, kommt Ihr ganz schön ins Schwitzen. Danke Euch Ihr Lieben.

Zum Schluß noch allen Herrschaften, Amtspersonen in gehobener Position, meine ganz besondere Verehrung, allein fürs geduldige Zuhören und Anrufen. Danke und viel Erfolg.

Sollte ich jemand vergessen haben, bitte um Nachsicht, es sei hiermit getan. Danke, Danke!

Allen die so „lieb" gewesen,
Mir tapfer halfen beim Genesen,
Manchen Trost gespendet,
Ihr Wort verpfändet,
Daß sicher alles besser wird,
Man die Hoffnung net verliert.

A Krankheit is a fade G'schicht,
Doch ewig dauern kann sie nicht!
Mit Zuversicht und frohem Mut,
Wird sicher alles wieder gut.

Mir ein Bedürfnis, liebe, liebe „Leut'"
Ein „Dickes Busserl" weil's mich freut.

Sag ich nochmals Danke heut!

Last not least, ein ganz besonderes herzliches Danke Herrn Franz Mikyska, Installateur-Meister. Für alles Danke.

LIEBE LESER

Ob groß, ob klein,
Haltet mir dies Buch hier rein,
Reißt mir keine Seiten aus,
Eßt kein Butterbrot darauf,
Überschütt' mich nicht mit Wein,
Will doch immer lesbar sein.
Sei stets liebevoll zu mir,
Nimm mich nicht als Klopapier.
Ich bitte Dich, denk immer dran',
Daß ich Dir gefallen kann.
Bin Dein Freund, an allen Tagen
Und in allen Lebenslagen.

Wünsch' viel Freude beim Lesen.
So, das wär's gewesen!

WAHRE KUNST

Wahre Kunst
Läßt sich niemals erzwingen,
Sie schwebt
Mit weit ausholenden Schwingen,
Über tiefe Täler –
Zu strahlenden Höh'n! –
Talent! – Geduld! –
Du wirst im Lichte steh'n.

4. Mai 1955, Steyr OÖ.

Widmung an alle
DEUTSCHSPRACHIGEN SOZIALSTELLEN

MEINE VERSION

Ein bißchen mehr Sorgfalt
Für die Ärmsten
Der Armen.
Ein bißchen mehr Mitleid,
Nicht nur
Erbarmen!
Einen kräftigen Ruck
Aus aller Not,
Mehr Unterstützung,
Für's tägliche Brot.
Ein bißchen mehr Opfer
Zur rechten Zeit,
Ein bißchen mehr Wärme
Halte bereit.
Ein bißchen mehr Freude,
Weniger Streit.
Ein bißchen mehr Liebe,
Weniger Leid.
Ein bißchen mehr Hilfe
Bei Gefahr.
Ein bißchen mehr Wahrheit,
Immerdar.
Ein bißchen mehr „Wir",
Weniger „Ich".
Ein bißchen mehr Kraft,
Nicht so zimperlich.
Mehr Blumen
Während des Lebens;
Auf den Gräbern
Blüh'n sie vergebens.

Unserem Altbürgermeister

Professor Dr. HELMUT ZILK

gewidmet

Es bedarf wahrlich keiner großen Worte, unserem Altbürgermeister Prof. Dr. Helmut Zilk, Dankbarkeit und Verehrung zu zollen.

Er gewann die Herzen seiner Wiener, und anderer, weit über die Grenzen.

Es war sehr knapp – als er seine linke Hand verlor. Ein Wunder, wahrlich ein großes Wunder. Unser Herrgott beschützte ihn. Gott sei es gedankt!

Vor gut zehn Jahren (am 30. 10. 1987) haben Sie mich zu sich eingeladen, Sie haben mir damit „nicht nur Ihre Hand gereicht"!

Meine „Zeitenwende" möchte ich Ihnen, verehrter Herr Altbürgermeister, widmen.

Bleiben Sie uns noch recht lange erhalten als Streiter und Kämpfer für Recht und Gerechtigkeit.

Danke, daß ich Sie als Bürgermeister und Landeshauptmann erleben durfte.

Gott schütze unseren Altbürgermeister Professor Dr. Helmut Zilk.

23. 1. 1998

Gewidmet
Herrn Professor Dr. HELMUT ZILK

TAUBE und COLT

In einer Illustrierten,
Sah ich ein Bild.
Faszinierend –
Der erste Blick!
Ein männlicher Mann –
Ein Herkules! – Nein!
Beim zweiten Blick
Erschrak ich, – oh Graus.
Was soll Taube und Colt
Bei dem Mann?
Er hält in der Linken
Eine Taube, schneeweiß,
Die Rechte umfaßt einen Colt.
Die Taube flattert,
Will fort, hat Angst
Vor der mächtigen Faust,
Mit dem Colt.
Oder kam sie erst an,
Will Frieden schließen,
Ihn hindern am Schießen,
Diesen fürchterlich
Männlichen Mann.
Wie paßt Taube und Colt
Sonst Zusamm?

Gewidmet Herrn Professor Dr. HELMUT ZILK

ZEITENWENDE

So viele Jahre sind nun verflossen,
Seit der Zeit, wo so viel Blut geflossen,
Wo Gauner am Werke mit Behagen
Den Völkern tiefe Wunden geschlagen.
Wo das Leben man raubte
So vielen Millionen,
Um mästen zu können
Ein paar unnütze Drohnen,
Die auf prallen Machtsäcken saßen,
Dem Volk das Mark aus den Knochen fraßen.
Hüben und drüben waren's ihrer genug.
Sie rissen die Männer von Drehbank und Pflug.
Sie rissen die Söhne von ihren Müttern,
Um mit ihnen Kanonen zu füttern.
Ihnen floß reichlich zu Dividende,
Sie wuschen einander die blutigen Hände,
Dieweil im Land nur Stöhnen und Weinen,
Warfen dem Volk hin das Futter wie Schweinen.
Sie behängten mit Brillanten ihre Maitressen.
Die Krieger im Feld hatten nichts zu essen.
Sie häuften sich Berge von Profiten,
Verdarben, zertraten der Menschheit Sitten.
Sie schwelgten lachend im Firlefanz,
Um ihr goldenes Kalb im frivolen Tanz.
Es gab viel Hunger, viel Tränen, viel Leid,
Nun ist vorbei, diese schreckliche Zeit.
Es muß nun ein jeder in unseren Reih'n
Helfen! – Helfen und immer Verzeih'n.
Begraben sollte man Streit und Zank,
So ließe sich ernten der Menschen Dank.
Einander zu achten, wollen wir leben!
Das könnte der Welt den Frieden geben.
Wir müssen fest zu einander stehen,
Um nie wieder solche Zeiten zu sehen,
Die Not zu lindern in unserem Land,
Damit Haß nicht entstehe.
Komm reich mir die Hand!

Gewidmet
dem Sport-Idol KARL SCHRANZ

Über eisig, harte Pisten,
Sieht man unsere Sportler flitzen.
Kämpfen zäh, sehr hart und treu,
Karli Schranz ist stets dabei.
Er ist einer von den vielen,
Die für Österreich stets siegen.
Immer ist er an der Spitze,
Flitzt mit Schneid über die Piste.
Hat auch Pech so manches Mal,
Doch das ist ihm ganz egal.
Karli kann das nicht verdrießen,
Erneut über die Pist' zu schießen.
Unser Karli ist der Mann,
Auf den man stets bauen kann.
Wie soll das nun weiter gehen,
Ohne unseren SCHRANZ zu sehen?
Doch für die Zukunft recht viel Glück,
Ohne Pech und Mißgeschick.

AN DIE KRITIKER

Viele neunmal kluge Schreiber
Glauben, sie sind Kritik-Meister.
Alle die so g'scheit oft reden,
Müßt man Karlis Bretteln geben,
Und sie ohne lang zu fragen,
Über eine Piste jagen.
Diese neunmal klugen Sportler,
Wären neue Weltrekordler,
Bewahre, nicht in Welt-Cup-Siegen,
Nein – im Bauch-Bruch-Landungs-fliegen.

I BIN OLLWEIL LUSTIG...

I bin ollweil lustig, i bin ollweil froh,
Weil's jodeln und singa, des gfreit mi a so
In da frua wenn i aufsteh, do moch i an Schraaa,
Und jodeln und singa, des hörst mi daun a.

Holodareholaroiri diridiri holaroio, holadere holaro
iri, diridie holaroio, holodarejodiodiri, diridiri
holaroio, holodare holaro diridiridijucha ho.

Jo bei uns im Ennstol do is hold fidö,
Ham d'Fösen vor unser des schenste Stoagrö.
An See mitten drin, von da Olm goa nit weit,
Jo des wa goa ka Steirer, dens bei uns do nit gfreit.
Jo des is gwiß ka Steirer, dens bei uns do nit gfreit.

Jodler

Und erst aun an Suntog, do geht der Tanz los,
Geht a jeder zum Diandl, is er kloan oder groß,
Und is oft ka Musi, wias immer schon is,
Do singen und jodeln mia sölba beim Tisch.
Jo, do singen und jodeln mia sölba beim Tisch.

Jodler

Da Hiasl geht zu da Miarl fensterln.
„Miarl ich möcht zu dir eini."
Die Miarl mochts Fenster auf,
Siacht den Hiasl und frogt,
„Hiasl kannst schleichen?"
„Jo" zischt da Hiasl.
„Nau dann schleich die!" und haut's Fenster zua.

Gewidmet Karl Schranz

AM WOSSAFOLL!

Es rauscht da Wossafoll,
Ich hör ihn ollemol
Wenn ich vorüber geh',
Beim liaben klanen See.
Er rauscht so liab und lind,
Derzöhlt mir hoamli gschwind,
Die G'schicht vom Duliö
Beim klanen See.

Des Platzerl kenn i scho,
Dort bin i immer froh,
Und wann da Bua dann kimmt,
Glei lauta s'Bacherl rinnt,
Mia zwoa versteh'n uns guat,
Mir ham an frischen Muat.
Und i jauchtz glei dazua,
Hiaz kimmt mei Bua.

Jo Leutl'n glaubts ma nua,
Des Schönst in der Natur,
In unserm Ennser Tol,
Des is' mei Wossafoll.
Mit'n See so kloa versteckt,
den man net klei entdeckt,
Nur der find's liabe Nest,
Der d'Hoamat liabt, wie i, so fest.

Gewidmet Karl Schranz

MEI LIABES HOAMATLAND

Mei liabes Hoamatland
Bist weit und breit bekannt,
A jeda hot di goa so gern.
I kunt glei narrisch wern,
Wann ma di siacht in deiner Procht,
Wia schön di hot da Herrgott gmocht.
Oh du mei Hoamatland,
Beliebt und bekannt.

Die Berg und s'tiafe Tol,
Mein Herz jauchzt ollemol,
Wann ich am Gipfl steh.
Do drunten liegt mei See
Am schönen Wiesengrund,
Mei Hütterle klan und bunt.
Oh du mei Hoamatland,
Beliebt und bekannt.

Mei liabes Hoamatland
Bist weit und breit bekannt,
Bist wahrlich wunderschön
Kunt niamals von dir gehn,
Die Berg, s'Tal, die Flur und Au,
Goa so schön, wohin ich schau,
Grüß dich Hoamtland
Beliebt und bekannt.

Gewidmet Karl Schranz

SPRÜCHE

Wer weniger ausgibt, hat mehr zum Leben.

Wer zuletzt lacht, lacht am besten.

Das Alte wird nicht alt, es wird nur alt das Neue.

Wer in der Politik einen Freund sucht,
sollte sich einen Hund anschaffen.

Der Himmel ist des Armen Sparbüchse.

Unrecht Gut hat kurze Währ, der dritte Erbe sieht nichts mehr.

Vor den Eichen sollst du weichen,
vor den Fichten sollst du flüchten.
Doch die Buchen sollst du suchen.

Wer durch des Argwohns Brille schaut,
sieht Raupen selbst im Sauerkraut.

Wo viele Worte sind, geht es ohne Lüge nicht ab.

Hilf wenn du kannst, aber erwarte keinen Dank.

Bewahre dein Ich, verpflichte dich zu nichts.

Von der Hand im Mund leben.

Undank ist der Welten Lohn.

Kommt Zeit, kommt Rat.

Wenn der Mensch verliebt ist, zeigt er sich so, wie er sein sollte.

Alter schützt vor Torheit nicht.

Was ein Haken werden will, krümmt sich beizeiten.

Der Schein trügt.

Salz und Brot macht Wangen rot! Butterbröter aber röter!

Warenhandel und Glück ist die Wurzel des Reichtums.

SPRÜCHE

Urteile nie nach äußerem Schein,
  es schlummert darin oft der wertvollste Stein.

Man kann die Wahrheit getrost sagen,
  sie wird ja doch meist nicht geglaubt.

Der Wille geht fürs Werk.

Man ist so alt, wie man sich fühlt.

Wenn du mal einen Kummer hast, viel Leid, Nöte und Sorgen,
  gib niemals die Hoffnung auf, es gibt immer noch ein morgen.

Gut Ding braucht Weile.

Hoffnung und Furcht sind untrennbar.

Wie der Schelm ist, so denkt er.

Ich hielt dich für ein Juwel, aber es ist nur ein Kieselstein.

Viele Hindernisse liegen auf dem Weg der Liebe.

Die Tage vor dem Ersten sind am schwersten.

Das Auge des Gesetzes zwinkert nicht.

Jeder will die Sorge um das Geld loswerden, aber nicht das Geld.

Es gibt mehr Dinge zwischen Himmel und Erde,
  als man es träumen kann.

Manche Leute haben Spätzündung, und manche explodieren gleich.

Die verrücktesten Pläne schmiedet die Liebe so lange sie heiß ist.

Wenn ich Gift nehme, dann blondes.

Wenige verstehen es alt zu werden.

Jede verführerische Frau läßt sich umschwärmen,
  aber nicht jede umschwärmte läßt sich verführen.

Wer keine Sorgen hat, heiratet welche.

Widmung an die

WIENER GEBIETS-KRANKENKASSE

Einem jeden Menschen recht getan,
ist eine Kunst, die niemand kann!

Der Wiener Gebiets-Krankenkasse ein ganz dickes

DANKESCHÖN

Was hätt' ich wohl getan,
Wenn es Euch nicht gäbe,
Ich zweifle sehr daran,
daß ich heut noch lebte.
Mit eurem guten Herzen,
habt Ihr gelindert meine Schmerzen.

Den Wunsch, den ich im Herzen trage,
Er ist: es mögen Eure Tage
so reich wie Eure Güte sein.
Es blühe Euch auf Euren Wegen,
Gesundheit, Glück und reichster Segen.
Zufrieden sollt Ihr immer sein.

Ja, eines möchte ich noch sagen: Habe weder Verwandte noch gute Freunde, noch irgendwelche Sondervergünstigungen durch irgendwelche Hintertüren. Das mußte noch gesagt werden.

BLUTHOCHDRUCK

Solltest Du unter Hochdruck leiden,
Mußt gar manches Du vermeiden.
Gar nicht gut wär Alkohol,
Zuviel Würze ebenso.
Nikotin ist doch ein Gift,
davon sinkt der Hochdruck nicht.
Zuviel Gewicht auf Deinen Knochen,
Zwingt Dein Herz zu rasch zu pochen.
Das erzeugt den Hochdruck wieder,
Und die Pumpe wird zuwider.
Weil sie zuviel leisten muß,
Hast Du mit ihr nur Verdruß.
Darum laß Dir eines sagen,
Mußt beileibe nicht verzagen,
Leb vernünftig, froh und heiter.
Ob das Leben für Dich leichter?
Beileibe nein –
ich glaub es nicht.
Wenn unser Herrgott s'Urteil spricht,
Ist alle Müh umsonst gewesen,
Trotz aller Vorsicht im Genesen.
Mach das Beste aus den Schmerzen,
Lachen, lieben, froh von Herzen.
Eines Tages ist's vorbei,
Diese ganze Plackerei.
Denn ewig leben kann man nicht,
Wenn unser Herrgott s'Urteil spricht.

Gewidmet der Wiener Gebiets-Krankenkasse

Allen, mit denen ich telefonisch zu tun hatte,
Ihnen ein besonderes DANKESCHÖN.

Gewidmet

Frau Oberin GISELA LUKESCH

FRÜHLINGSBOTSCHAFT

Schneeglöcklein sprießen
Im Wald uns zu Füßen,
Vom Frühlings-Prophet.

Schneeglöcklein läuten
Seit alten Zeiten
Den Lenz ein im Land.

Hörst Du das Singen,
Das Läuten und Klingen,
Siehst Du es sprießen,
Auf Bäumen und Wiesen?
Ahnst Du die Frühlingszeit,
Bald grünt es weit und breit,
Und neu erwacht die Natur.

Fühlst Du des Schöpfers Macht?
Wie alles neu erwacht,
So läßt der Herrgott uns grüßen.

Gewidmet Herrn Prof. Dr. MARCEL PRAWY

„Klingendes Amerika – U.S. Wandertheater, eine Nachkriegs-Darbietung."

Lang, lang ist's her. Für mich ein unvergessenes Erlebnis.

Damals war ich freischaffend, unter anderem auch als Kritikasterin tätig. Das „Old Man River", von Keith Engen werde ich wohl nie vergessen. Es war ein wunderbarer „Liederabend".

Danke Marcel Prawy, daß ich das erleben durfte.

MITWIRKENDE:

Olive Moorefield . . . . . . Sopran
Donna Pegors . . . . . . Mezzosopran
Walter Canoy . . . . Tenor
Keith Engen . . . . Baß
Oscar Harms . . . . Bariton

HEINZ SANDAUER
und seine Solisten

Helmut Hoffmann (Kontrabaß), Charly Kaufmann (Flöte, Klarinette, Saxophon, Harmonika),
David Mathé (Saxophon, Klarinette), Ferdinand Ptacnik (Trompete), Karl Rubesch (Schlagzeug),
Michael Scharnagl (Gitarre)

Dr. MARCEL PRAWY
spricht verbindende Worte

Bühnengestaltung: Felix Smetana

Dr. MARCEL PRAWY

studierte Rechtswissenschaften und Musik an der Wiener Universität. Nach seinem Doktorat wurde er persönlicher Manager des Sängerehepaares Jan Kiepura-Martha Eggerth und bereiste in dieser Eigenschaft jahrelang Europa, Nord- und Mittelamerika, sowie Afrika. Nach seiner Rückkehr aus den [illegible] Staaten wurde er [illegible]der Filmoffizier [illegible] Services Branch [illegible] und beschäftigte [illegible] Adaptierung ame[illegible] Filme für Österreich.

Er ist derzeit als Produzent von Tonaufnahmen klassischer Musik im Vertrag mit amerikanischen Schallplattengesellschaften, sowie als freier Mitarbeiter führender amerikanischer Musikzeitschriften tätig. Dr. Prawy's außerberufliches Hauptinteresse ist das Studium von Sprachen, deren er sechs beherrscht. Im letzten Jahr produzierte er die Show „So singt New York" für das Wiener Kosmos-Theater und „So singt Amerika" für das gesamte deutsche Fernsehnetz.

Hier möchte ich an ein liebes Ehepaar erinnern. Mit dem Ehepaar Klell durfte ich wunderbare Stunden verbringen.

Josef Klell, ist ein bekannter Heimat-Dichter in Steyr, in Ober-Österreich.

Heute noch ein Dankeschön für diese zwei Widmungen.

KLEINE HAUSMUSIK

Wenn es so heimlich dämmrig wird,
Sylvia des Puppenspiels müde,
Carmen den bösen Bruder flieht –
das ist die Stunde,
wenn Mutter zur Laute singt!

Schüchtern-verhalten, violinensüß
fallen die Stimmen der Kinder ein,
überflügeln den dunklen,
purpurwarmen Alt der Mutter,
spielen Haschen und Fangen
mit koboldigen Geistern,
die den Saiten entspringen.

Selbst der Bösewicht Heinzi zögert heran,
sichtlich zusammengenommen.
Er schmeichelt sich
und kuschelt sich
ans Knie der Mutter.
„Was hast du bloß gedacht,
als du das Schwesterlein
so rüde ins Gesicht geschlagen?"
So die Mutter,
den Finger von der Laute hebend.
„Ich hab mir bloß gedacht"
frecht der kleine Schwerenöter
„Carmen, ich liebe dich!"

WEIL ES FRÜHLING IST

Wieder bist du
mir begegnet,
schöne Frau!

Deine Augen –
tiefe Schächte
in das Innere der Seele,
dunkel, unergründlich!

Deiner Lippen
rote Schminke,
die ich nie
recht leiden mochte,
hab ich dir verziehen,
weil es Frühling ist!

Gewidmet
dem oberösterreichischen Heimatdichter
JOSEF KLELL

BLUMENGRUSS

Sieben sprießende Zweiglein
Hast Du mir gebracht;
Wurden gelbliche Glöcklein
Daraus über Nacht;
Die sind mir zur Freude und Zier.

Sieben Zweiglein, wie mit Gold
Übergossen zu seh'n,
Sie sprießen als wollt'
Goldregen entsteh'n;
Dies Wunder für mich ganz allein.

Sieben sprießende Zweiglein
Hast Du mir gebracht –
Entfalten sich
Zur Blüte bei Nacht.
Erblüht zu gelben Glöckelein,
Läuten sie mir den Frühling ein.

Gewidmet
meinen KINDERN, ENKERLN und URENKERLN

SEHNSUCHT

Nachts, wenn ich oft ganz verträumt,
Die Sehnsucht sich mächtig im Herzen aufbäumt,
Wenn ich mich ganz nach Dir muß verzehren,
Denk ich – was wird mir die Zukunft bescheren.

Was wird das Leben mir alles bringen?
Werde ich mir mein Glück erringen?
Wenn sich Liebe und Zweifel ineinand verketten,
Wünsch ich, ich wär an Dein Herz gebettet.

Ich fühle Dich dann ganz nahe bei mir,
Spür Deine Liebe, Deine Küsse schier.
Nun ist völlig erwacht das große Sehnen.
Ach könntest Du mich in Deine Arme nehmen.

An Deiner Brust zu schlummern, wie ein Kind,
Nicht einsam zu sein, wie ein Blatt im Wind.
Die Zeit muß noch kommen, wo wir zusammen
Träumen von Zukunft und Vergangenem.

Das Leben liegt vor uns,
Die Erinnerung bleibt zurück.
Ich wünsche mir vom Leben
Ein stilles Glück.

Weihnacht 1947

Gewidmet
meinem Hausarzt Dr. KURT UHER

DER HEXENSCHUSS

Warum bist denn so verdrossen,
Hot dich vielleicht a „Hex" beschossen.
Hatscht daher wie Quasimodo –
Loch a bißerl. Sei doch froh!
S'ist so ein schönes Wetter heut,
Daß am grod dos Leben freut.
Ich kann dich so nimmer seh'n.
Möchst net doch zum Doktor geh'n.

„NAA!"

Mir wird ganz angst und bang!
Wieso überlegst so lang?
Denkst es wird schon wieder wer'n?
Nocha derfst net goa'a so plearn.
Schaust aus wie ein Fragezeichen.
Es ist zum Steinerweichen.
Dua net goa so lang überlegen,
Doch lieber gleich zum Doktor geh'n.

„NAA!"

Des Roßfluid stinkt mir amol z'vül,
Ich mein des hilft dir a net viel.
Mit dir hob i a großes G'frett,
So viel Kraft hob ich net,
Um deinen „Dings-bums" zu massier'n.
Do kann man schon die Lust verlier'n.
Drum rot ich dir, tua net hatschen,
Lieber zu dein Doktor latschen.

„NAA!"

Du bist zu feig, sog ich dir jetzt,
So a Spritzen gib ich dir z'letz.
Des ist bei dir a Hexenschuß,
Moch endlich mit dem Jammern Schluß!
Glaub mir doch –, du wirst schon seh'n,
Mit mir jetzt gleich zum Doktor z'geh'n.
Der Arzt wird wissen, wos du host,
Des is des Beste, wannst mich fragst!

Ich frog dich net, loß mich in „Ruah".
Ich was schon wos ich will und tua.
Wenn mich die Schmerzen mera zwingan,
Trog ich mein „Arsch" holt in da „Schlingan".

Sobald die Männer leichtsinnig werden,
werden die Frauen scharfsinnig.

Wer an ein Wunder glauben will,
wird selbst bei Leitungswasser gesund.

Ein nasser Herbst ist des Bauern Schmerz.

Die Spezialität, die die Haushälterin der Familie Bismarck
in der Not kreiert haben soll, sind die Bismarckheringe.

Milde erreicht mehr als Heftigkeit.

Jugend vergeht, Schönheit besteht.

Höre deinem Partner besser zu.

Höflichkeit kostet nichts.

Den Stier bei den Hörnern packen.

Arme Leute schenken gerne.

Unrecht Gut gedeiht nicht gut.

Laß sie neiden, laß sie hassen,
was Gott dir gibt, muß man dir lassen.

Auf einen dünnen Anfang, folgt manchmal ein gar dickes Ende.

Friß Vogel oder stirb.

Was man nicht gelernt hat, kann man auch nicht vergessen.

Die Botschaft höre ich wohl, allein mir fehlt der Glaube.

Ihr Wort in Gottes Ohr.

Erst die Arbeit, dann das Vergnügen.

Wer zuletzt lacht, lacht am längsten.

Kindermund tut Wahrheit kund.

Wo kein Kläger, ist auch kein Richter.

Der Blinde fühlt mehr als du siehst.

SPRÜCHE

Einem mit gleicher Münze heimzahlen.

Man muß einen eisernen Willen haben um durchzukommen.

Beharrlichkeit überwindet alles.

Höflichkeit beleidigt niemanden.

Die Welt wird durch Titel geblendet.

Noch ist nicht aller Tage Abend.

Zum schlechten Diener paßt ein schlechter Herr.

Die Dummen sterben niemals aus.

Ein Tag ist des anderen Lehrmeister.

Jung gefreit hat nie gereut.

Alte Bäume behämmert der Specht am liebsten.

So hat es sich von je gefügt, daß Edelmut Gewalt erliegt.

Manch einer ertrinkt lieber, als daß er um Hilfe schreit.

Was Gott vereint, das soll der Mensch nicht trennen.

Einer Giftschlange kann man nicht trauen,
nur weil sie momentan nicht beißt.

An erster Stelle im Paradies werden diejenigen sein,
die sich in der Ehe geirrt haben und dennoch ausharren.

O Herr ich möcht noch weiterleben; ruf mich nicht, ich bin dagegen.

Wollen und Phantasie garantieren den Erfolg.

Unverhofft kommt leider sehr oft.

Gott Amor ist ein gar übler Bursche.

Man muß immer das tun,
was man von sich selbst am wenigsten erwartet.

Lernen ist auch Entdeckung.

Gewidmet
Frau Dr. MARIA THEUMER

DAS HERZ

Gibt es mal Kummer,
Sei still, mein Herz!
Vielleicht ist morgen
Verschwunden der Schmerz.

Im Glück darfst du jubeln,
Im Leid nie versagen!
Alles mußt du
Geduldig ertragen.

Bis es einmal
Nicht mehr weiter geht –
Dann ist's für die Schonung
Des Herzens zu spät.

In Krankheit,
In Not,
In Freude und Schmerz,
Mal lauter,
Mal leiser,
Schlägt täglich das Herz.

Gewidmet Frau Andrea BRIEGL

Angestellte der Wr.-Geb.Kranken-Kasse, sammelt Bestellungen für mein Sammelsurium

DER APFEL

Äpfel essen! – Welche Wonne.
Reifen sie doch in der Sonne.
Machen deinen Leib gesund,
Du wirst schlank – nicht kugelrund.
Nun so sag' ich euch ihr Lieben,
Täglich Äpfel – fünf bis sieben,
Damit kein Weh-Wechen kommt,
Und euch auch das Leben frommt.
Auch das Baby, noch ganz klein,
Würde schon nach Äpfel schrei'n,
Könnte es den Wert erkennen,
Und ihn auch beim Namen nennen.
D'rum befolget diesen Rat,
Täglich Äpfel! – In der Tat.
Du erfährst dann mit der Zeit,
Wie dich jetzt das Leben freut.
Äpfel! – Äpfel! – Jederzeit.

Gewidmet
Frau IRENE LOSEK

KLEINER BETTLER

Am Balkon ein Vögelein
Piepst und schaut zum Fenster rein.
Fleht mit ängstlich, scheuem Blick!
„Gib mir Brot, ziwitt, ziwitt."

„Ich hab Hunger und ich frier',
Bin doch nur ein armes Tier.
Du hast's warm bei jedem Schritt,
Doch ich frier', ziwitt, ziwitt."

Sind die Bröslein später draußen,
Ei wie da die Vöglein schmausen!
Was sagt jetzt des Vöglein's Blick? –
„Vielen Dank! Ziwitt, ziwitt."

Gewidmet

Dr. AHMAD und EDITH TURK

... FÄLLT SELBST HINEIN

Nicht jeder, der singt, muß ein Sänger gleich sein,
Nicht jeder, der reimet, ein Dichter.
Nicht jeder, der blödelt, ein Dummkopf auch sein,
Nicht jeder, der urteilt, ein Richter.

Gar mancher schon dachte von sich weiß Gott was,
Und ging dann den anderen verschuften –
Und sprach ein Gerechter: „Wie schändlich ist das"!
So mußte der Schurke verduften.

Denn immer noch richtet das Leben gar fein;
Wer andern mit teuflischer Freude
Die Grube des Leid's gräbt, fällt selber hinein
Und büßt dann mit seelischem Leide!

SPRÜCHE

Je mehr er hat, je mehr er will, nie schweigen da die Klagen still.

Es gibt nichts Gutes, außer man tut es.

Denke nicht so oft an das, was Dir fehlt, als an das was du hast.

Willst du in deinem Umfeld etwas gelten,
das ist vergebliche Liebesmüh.
Was dir mißlingt verzeihen sie selten,
was dir gelingt verzeihen sie dir nie.

Es bildet ein Talent sich in der Stille, ein Charakter durch das Schicksal.

Man erhofft sich fromm und still, daß man einst das bekommt, was man will, bis da einmal die Einsicht siegt, zufrieden ist, was man kriegt.

Die meisten Menschen werden nur deshalb nicht reich, weil sie vor lauter Arbeit keine Zeit zum Geldverdienen haben.

Kraft durch Freude, treibt die Feder in der großen Weltenuhr, auch Verständnis braucht ein jeder, Liebe und an gesunden Hamur.

Alles bricht, wo der Glaube schwindet.

Vieles kann der Mensch entbehren, nur Liebe nicht.

Die Augen tränen, wenn das Herz schwer ist.

Ein Handwerk hat immer noch goldenen Boden.

Man will oft mehr bewältigen, als man verkraften kann.

FDH ist die beste Medizin, um schlank zu werden oder zu bleiben.

Liebe macht bekanntlich blind, aber das ist der schönste Zustand.

SPRÜCHE

Man sollte den Tag nicht vor dem Abend loben.

Es wird nie so heiß gegessen, wie gekocht wird.

Heute ist heut, sagen gescheite Leut.

Gute Menschen kommen in den Himmel, böse überall hin.

Was man hofft, glaubt man gern.

Glück ist nur das, was man dafür auch hält.

Entrüstung ist meist die Marke der Neider.

Wenn nur mehr Humor in der Menschheit wäre,
um wie viel leichter wäre das Leben zu ertragen.

Wie der Herr, so das G'scherr.

Jeder Kramer lobt seine Ware.

Man sollte sich nach der Decke strecken.
Wer kann das schon, wenn sie zu kurz ist?

Ein Unglück kommt selten allein, denn guter Dinge sind immer drei.

Liebe macht bekanntlich blind.

Steter Tropfen höhlt den Stein.

Der dümmste Bauer hat die größten Kartoffeln.

Greif nicht nach den Sternen, die du doch nicht erreichen kannst.

Die Angst fährt immer mit.

Es ist schon so lange Funkstille zwischen uns.

Jemandem auf die Sprünge helfen.

Die Wege des Herrn sind sehr seltsam.

Den Letzten beißen die Hunde.

Je mehr man über seine Krankheit weiß,
desto besser ist sie zu bekämpfen.

Gewidmet
Herrn FRANZ MIKYSKA

DER MENSCH

Der Mensch ist wie ein Herdentier,
Braucht immer einen Hammel.
Für viele ist es ein Pläsier,
Für mich ein Riesen-Bammel.

Sie laufen nach, dem Glockenton,
Mit Taubheit sie geschlagen.
Den Diskant, die Dissonanz,
Können sie darum nicht hören.

Wann hören sie nun endlich auf
Die Mißtöne der Liebe,
Egal welch' Glauben einer hat,
Es wär der Weg zum Frieden.

Träumt doch nicht in den Tag hinein,
Wacht auf zum Miteinander.
In Liebe findet ihr zusamm'.
Ist höchste Zeit zum Handeln.

Denn Kriege müssen doch nicht sein,
Wenn wir einander lieben.
Denn jeder Harmonie-Gesang,
Bringt sicher uns den Frieden.

Gewidmet

Herrn Mag. WALTER JANKU

IM BALL-SAAL

Wer sitzt dort im Ball-Saal, oh sag es geschwind,
Es ist die Mutter mit ihrem Kind.
Sie zupft das Mädchen ganz sacht am Arm,
Sie fragt sie leise, sie fragt sie warm.
Mein Kind, warum ist so bang dein Gesicht?
Siehst Mutter dort, unsern Apotheker nicht?
Den Mann dort drüben mit Geist, ein Genie!
Mein Kind, das wär' ne brillante Partie!
Oh, gnädiges Fräulein, der erste Ton,
Es klingt wie Posthorn, bereits wohl schon.
Er faßt kühn ihre rosige Hand,
Auf Ehr' süperb, ein entzückend Gewand.
Oh Mutter, oh Mutter hörst du nicht,
Wie süß der Apotheker zu mir spricht.
Sei ruhg, bleib ruhig mein Kind,
Nimm die Männer, so wie sie sind.
Du holde Jungfrau, schenk mir diesen Tanz,
Sonst verzehr vor Sehnsucht ich mich noch ganz.
Laß uns schwingen zusammen in lustigen Reih'n,
Im Takt uns bewegen, und schweben zu zwei'n.
Oh Mutter, oh Mutter siehst du nicht dort
Die neidischen Blicke, – drüben, – dort.
Mein Kind, mein Kind ich seh' es genau,
Die Mütter drüben, sie ärgern sich grau.
Ich liebe dich, mich reizt deine schöne Gestalt,
Nicht länger bezähm ich des Herzens Gewalt!
Oh Mutter, er küßt mich, jetzt faßt er mich an!
Weh mir, was hat der Apotheker getan?
Die Mutter lächelt, erhebt sich geschwind,
Sie hält in den Armen ihr zitterndes Kind.
Führt hin es zu ihm, mit schmeichelndem Laut.
In ihren Armen, das Kind war Braut.

Gewidmet
Herrn WERNER KNEBEL

Herr Werner KNEBEL, für Sie habe ich nachstehende Gedichte verbrochen. „Autofahrer unterwegs" und „Bremsbereit". Vielleicht legen Sie in jedes verkaufte Auto die beiden Werke als Ermahnung ein. Für Ihre liebenswürdige, kulante Bedienung gebührt besondere Anerkennung!

Eine alte Binsenweisheit sagt:

Ein unzufriedener Kunde kann mehr Schaden anrichten, als zehn zufriedene nicht wieder gutmachen können, weil Mundpropaganda die beste Werbung immer noch ist, besser als jede Wurfsendung.

Sie Herr Knebel, Sie handeln danach.

Ich hoffe, Sie verkaufen recht viele Autos, damit mein Name in Umlauf kommt.

Ein lustiges Team-Work.

BREMSBEREIT

Vorsicht, Rücksicht jederzeit,
Aber immer bremsbereit.
Daß Kind, Hund, jedermann,
Gefahrlos auch passieren kann.

Weil mancher – leider – unbedingt,
Das Überholen sich erzwingt.
Dies erkennst du mit der Zeit,
Darum sei stets bremsbereit!

Ich ließ alle Dummen rasen,
Die die Landschaft ganz vergasen,
Weil mit ihren schnellen Wagen,
Sie dann meist im Graben lagen.

Fahr gemütlich, mit Bedacht,
Du dir dann in's Fäustchen lachst.
Ich bin 40 Jahre lang
Gefahren ohne eine Schramm.

AUTOFAHRER UNTERWEGS

Liebe Autofahrer laßt euch sagen,
Eure Uhr hat dreiviertel g'schlagen,
Paßt auf, auf Straßen, Schutzmann, Licht,
Damit euch ja kein Unglück g'schicht.
Laßt die vielen Henderln leben,
Die Menschen aber auch daneben.
Laßt die Hunderln weiter bellen,
So wird euch nie die G'sundheit fehlen.
Eines möcht ich euch noch raten,
Macht's ma keine Heurigenfahrten!
Nehmt's euch den Wein im Auto mit,
Und trinkt's ihn dann daheim zu dritt.
Ein's noch hätt' ich fast vergessen,
Ihr habt es ja bestimmt schon g'lesen,
Schön g'mütlich über'd Straßen winden,
Braucht's dabei kan Motor schinden!
Denn bei der blöden Raserei,
Bleibt keiner lang am Leben dabei.
Ein Unfall heut – du liebe Welt,
Kost' außerdem an Haufen Geld.
Auch die Schmerzen san net ohne,
Hot mir unlängst g'schrieb'n da Tone.
Drum Autofahrer laßt euch sagen,
Dreiviertel hat es eh schon g'schlagen,
Wartet nicht bis Zwölfe wird.
Hobt's ihr des alles jetzt kapiert?
Ihr kennt's mich net, bin ka Mieser,
Hab Angst um euch, als Besserwisser.
Ich könnte euch noch vieles raten,
Aus Erfahrung von meinen Autofahrten.

Gewidmet
Frau LIANE AUGUSTIN

NACHTSCHWÄRMEREI

Einsam saß ich nachts im Garten,
Über mir der Sterne Pracht,
Sandte Wünsch' empor zum Himmel,
Hab' dabei an Dich gedacht.

Welch ein Sehnen, welch ein Hoffen,
Zog dabei durch meine Brust,
Sodaß ich im Glücksempfinden
Jauchzend sang aus lauter Lust.

Auf einmal lagst Du neben mir
Im Gras und küßtest mich.
Mich erfaßt' ein selig Beben,
Hauchte nur: „Ich liebe Dich".

Einsam lag ich nachts im Grase,
S'war ein Zweiglein über mir,
Tastete nach meinen Wangen,
Wie ich in der Nacht nach Dir.

1962 – zum Jahreswechsel von Karlheinz, prost, rülps, hick, schmatz..., zum Jahreswechsel.

Ein kleines Büblein bin ich,
drum wünsch ich kurz, doch innig,
ein glückliches „Neujahr"!
Gesundheit, Freude, Frieden,
sei Euch von Gott beschieden,
wie heut so immerdar.

Der Mutti und dem Vati zum Jahreswechsel Euer Karlheinz.

Zum Muttertag

Wenn du noch eine Mutter hast,
so danke Gott und sei zufrieden!
Nicht allen auf dem Erdenball
ist dieses große Glück beschieden.

Wenn du noch eine Mutter hast,
so solltest du sie mit Liebe pflegen,
daß sie dereinst ihr müdes Haupt
in Frieden kann zur Ruhe legen.

von Deinem Sohn Karlheinz

Steyr, am 10. 5. 1959

Mein liebes Mütterlein

Was immer Dich bekümmern mag,
vergiß es heut am Muttertag.
Hab ich Dir manchmal wehgetan,
vergiß es bitte, denk nicht dran.
Ganz leise will ich sagen Dir,
Du bist das Allerliebste mir.

Dein Sohn Karlheinz

Guthaben, zum Muttertag von Tochter Sylvia: Ein „Monat" williges „Geschirrwaschen", einzulösen bei Sylvia, Tochter.

SPRÜCHE

Entrüstung ist meist das Werk des Neides.

Es ist nichts so fein gesponnen, es kommt alles an die Sonnen.

Die Gerechtigkeit müßte immer siegen, leider tut sie das nicht.

Was sich liebt das neckt sich.

Ein Friede ist besser als zehn Siege.

Mit dem Hut in der Hand, kommst durchs ganze Land.

Morgenstund hat Gold im Mund.

Die Ruhe sei dem Menschen heilig, nur Verrückte haben es eilig.

Die Ruhe tötet nur, wer handelt, sich bewegt, lebt.

Du sollst der werden, der du bist.

Zum Lernen ist niemand zu alt.

Wo gehobelt wird fallen Späne.

Sich etwas in den Kopf setzen.

Wahre Kunst bleibt unvergänglich.

Nobel geht die Welt zu Grunde.

Andere Zeiten, andere Sitten.

Du triffst den Nagel auf den Kopf.

Wenn Tiere sprechen könnten.

Erhalten ist schwerer als Erwerben.

Die Wahrheit hat es nie eilig.

Sich mit fremden Federn schmücken.

Greif nicht nach den Sternen.

Freue dich, wenn du eine knifflige Arbeit gemeistert hast.

Wer nichts hat, verliert nichts.

SPRÜCHE

Korrigiert man jemanden, ist er beleidigt,
korrigiert man ihn nicht, ist er erst recht beleidigt.

Es kann der frömmste Mensch nicht in Frieden leben,
wenn es dem bösen Nachbarn nicht gefällt.

Was sagt der Holzwurm, wenn er ein Brett vor dem Kopf hat?
Mahlzeit.

Wissen sie, daß ein Springbrunnen nicht einmal hüpfen kann?

Wo Tauben sind, fliegen Tauben zu.

Eine Krähe hackt der anderen kein Auge aus.

Eine Mutter kann 10 Kinder ernähren, ab 10 Kinder keine Mutter.

Man sagt, der Mann ist der Kopf der Familie,
und die Frau ist der Hals, der ihn bewegt.

Geld, das einzige auf der Welt, das nicht verachtet wird.

Wenn der Prophet nicht zum Berg kommt,
muß der Berg zum Propheten kommen.

Jedes Ding hat zwei Seiten.

Jetzt kommt der Moment, wo der Frosch ins Wasser springt.

Je mehr wir wissen und suchen, desto mehr zweifeln wir.

Dem Reinen ist alles rein.

Edel sei der Mensch, hilfreich und gut.

Wenn einer eine Reise tut, kann er was erzählen.

Kinder und Narren sagen die Wahrheit.

Alles was uns nützt, ist gar nicht so teuer,
nur das Überflüssige kostet viel.

Kein Abschied fällt uns so schwer, als der von einer schönen Illusion,
an die man sich schon lange gewöhnt hat.

Gottes Mühlen mahlen langsam – aber sicher.

DIE SIEGER

Es saßen zu WIEN im Kaisersaal,
Die Fürsten und Helden in reicher Zahl.

Sie haben entsetzt die bange Stadt,
Nach der so gelüstet den Heiden hat.

Als nun zu Ende das reiche Mahl,
Und freudig geleert der Siegespokal.

Spricht Einer: „Genug, mit Sang und Klang,
Nun sagt, wer die beste Beute errang?".

Entgegnet ein Pole: „Des Sultans Gold,
Hab ich mir aus seinem Zelte geholt".

Ein anderer: „Manch stolzes Panier,
Erkämpft ich mit blutigem Degen mir".

Ein Dritter: „Gewaffen, wie Helm und Speer,
Errang ich, derlei Gezeugs noch mehr".

Ein Lothringer drauf: „Ich wählte in aller Eil,
Kamele und Pferde zu meinem Teil".

Ein Fünfter: „Manch reiches Gewand,
Entriß ich den Flücht'gen, mit dieser Hand".

So wußte ein jeder, nach seiner Art,
Zu sagen, was ihm für ne Beute ward.

Nur einer im Kreise der Sieger saß,
Der über die andern, das Wort vergaß.

„Wie stumm doch, Herr Bischof, bekennt auch ihr,
Mich dünkt, ihr errangt das Geringste schier."

Herr Kollonitz, also der Bischof hieß,
Entgegnet mit Lächeln: „Eins ist gewiß,

Was ihr auch errangt durch der Türken Flucht,
Nach meiner Beute hat keiner gesucht. –

Und doch ist's das Köstlichste in der Tat,
Was einer vom Schlachtfeld erobert hat".

Drauf winkt er dem Diener, auf tut sich das Tor,
Es dränget ein Heer sich von Kindern hervor,

Von Knaben und Mädchen, so zart und hold,
Die Wangen wie Röslein, die Locken wie Gold.

Sie sinken auf's Knie vor dem Gottesmann
Und schmiegen mit Weinen an ihn sich an.

„Dies ist meine Beute", der Bischof sagt,
„Nach der hat nicht einer von Euch gefragt.

Ich fand sie verlassen, in Harm und Not,
Erwürgt ihre Mütter, die Väter waren tot.

Da führte ich sie alle nach Wien herein,
Ich will den Verwaisten ein Vater sein!"

Und als er zu ihnen gesagt dies Wort,
Schwiegen beschämt die andern dort.

Denn was sie auch alles nach Haus gebracht,
Nichts glich da der Beute, die er gemacht.

Erinnerung an meine Schulzeit, wo ich das Gedicht vortragen durfte. Von wem es ist, weiß ich leider nicht mehr. Ob es wortgetreu, aufgeschrieben ist, kann ich nicht behaupten. Sicher ist, daß ich mich sehr lange bemühte, es wieder erstehen zu lassen.

April 1997

Gewidmet

CHRISTINE und OTTO SCHINDLER

–„Ö"– 3

Liebe Leute von –„Ö"– 3,
Eure liebe Plauderei
Zwingt mich beim Erwachen
Oft recht herzlich zum Lachen.
Höre dies und jenes auch,
Was in so manchen Ländern Brauch,
Wer wieder mal Geburtstag hat,
Ein anderer hat das Leben satt.
So hört man vieles von der Welt,
Bis wieder mal der Wecker schellt.
Die Uhrzeit sagt ihr auch noch an,
Damit ich nicht verschlafen kann.
Es gäbe sicher kein Erwachen,
Was würd' ich ohne euch bloß machen!
Ich spring heraus aus meinem Bett,
Das erleichtert ihr mir nett.
D'rum liebe Leute von –„Ö"– 3,
Bleibt bei eurer Plauderei!

Gewidmet

ALLEN LESERN DES SAMMELSURIUMS

ADVENT – ADVENT

Advent, Advent, ein Lichtlein brennt,
Erst eins, dann zwei, dann drei, und vier,
Das Christkind steht nun vor der Tür.

Die schönen Gaben unterm Baum,
Das Lichtermeer, man glaubt es kaum,
Sind für die liebsten Menschen erdacht.
Viel Liebe in der Weihnacht-Nacht.
Denn Menschenkinder groß und klein,
Sollen sich dieser Pracht erfreun.
Und Friede sollt es immer geben,
Für euer glücklich langes Leben.

19. 11. 1996

Gewidmet
Frau ISABELLA NEUBAUER
und Herrn KURT VARGA

WINTER

Verschneit sind Flur und Auen,
Wohin die Augen schauen,
Bizarr, verzückt und schön!

Natur so still und eigen,
Wald und Wiesen schweigen,
In ihrer weißen Pracht.

Ein Paradies für Kinder,
Erwachsene nicht minder,
Erfreu'n sich dieser weißen Pracht.

SCHNEE IM MÄRZ 1997

Rodeln, schlittschuh'n, Schneeballschlacht,
Schneemann bauen mit weißer Pracht,
Das erfreut das Kinder-Herz,
Wie man sieht, mit Schnee im März.

Die Gelegenheit, oh nehmt sie wahr,
Schnee im März – nicht jedes Jahr.
Eine Lust für Groß und Klein,
Soll es ruhig weiter schnei'n.

Gewidmet KARL MOIK, Stadlmoderator

DAS PROCKERL – NOCKERL

In ana Kuch'l, unter an Stockerl
Liegt a Prockerl von an Nockerl.
Davor sitzt des Pockerl,
Schaut immer unter des Stockerl,
Auf des Prockerl Nockerl.
Wie des Pockerl, so auf des Prockerl Nockerl,
Unter dem Stockerl schaut,
Kommt auf amol des Tschockerl,
Denkt sich: „Was schaut denn des Pockerl,
Immer unter des Stockerl?".
Achso! – des Pockerl schaut,
Auf des Prockerl Nockerl,
Unter dem Stockerl.
Fangen net, des Tschockerl und des Pockerl,
Um des Prockerl Nockerl, unterm Stockerl,
Zum streiten an.
Wie des Pockerl und des Tschockerl
So um des Prockerl Nockerl,
Unter dem Stockerl streiten,
Kummt auf amol der Greißler-Hund,
Der Pflockerl daher. „Er fragt sich"?
Warum streiten sich Pockerl und das Tschockerl?
Aha! des Pockerl und des Tschockerl,
Streiten um des Prockerl Nockerl
Unter dem Stockerl!
Er mocht an Satz,
Zwischen Pockerl und Tschockerl,
Und frißt vor den Augen,
Des Pockerl und Tschockerl
Des Prockerl Nockerl unterm Stockerl.

Das ist eine Lehre!
Immer wenn sich ein Tschockerl und ein Pockerl,
Um ein Prockerl Nockerl unter dem Stockerl, streiten!
Kommt immer der Greißler-Hund, der Pflockerl,
Und frißt vor den Augen des Pockerl und Tschockerl,
Das Prockerl Nockerl unterm Stockerl.

SPRÜCHE

Mit dir ist nicht gut Kirschen essen.

Überfluß macht verschwenderisch.

Einseitig zu sein, hat sich nie bewährt.

Der Himmel kennt keine Tränen.

Alle Wünsche werden klein, gegen den gesund zu sein!

Dir haben sie im Krieg deinen Hinterteil mit so vielen Granatsplittern vollgepumpt, daß du durch keine Flughafenkontrolle kommst!

Wer Wind sät, wird Sturm ernten!

Nichts kann einen Menschen aufhalten, wenn er die Intelligenz und den Willen hat, sein Werk zu vollenden!

Wer sich nicht wehrt, liegt ganz verkehrt!

Willst du dich selbst erkennen, so sieh, wie die anderen es treiben. Willst du die anderen verstehen, blick in dein eigenes Herz!

Takt ist der Verstand des Herzens!

Dem Satten schmeckt das beste Essen nicht.

Der Reiche hat viele Freunde.

Geld ist das Maß aller Dinge.

Seine Freunde kann man sich aussuchen! Seine Familie leider nicht!

Es ist nicht so schlimm arm zu sein,
weil Geld verdirbt den Charakter!

Man lebt nur, wenn man schafft.

Kleine Ursachen können oft sehr große Wirkungen haben.

Die Vergangenheit ist Geschichte, die Zukunft eine Überraschung, die Gegenwart ein Geschenk.

Zeit und Zug holen jeden einmal ein.

SPRÜCHE

Tu was du nicht lassen kannst.

Tugend ist leicht zu bewahren, wenn keiner kommt,
oder nicht das Richtige kommt.

Wenn man glaubt es geht nicht mehr,
kommt von irgendwo ein Lichtlein her.

Nichts auf der Welt ist unbedeutend.

Es gibt kein vollkommenes Glück.

Mehr Glück als Verstand haben.

Bei Nacht sind alle Katzen schwarz.

Wer überwindet, der gewinnt.

Ordnung ist die Basis der Erziehung.

Wie man sich bettet, so liegt man.

Arbeit ist des Lebens Würze.

Geben ist seliger denn nehmen.

Was dich nicht umbringt, macht dich stärker.

Matthias bricht das Eis, hat er keins, macht er eins.

Arbeit macht das Leben süß, Faulheit stärkt die Glieder.

Wie ein Rohrspatz schimpfen.

Der Weg zum Herzen eines Mannes geht durch den Magen.

Was man aus Liebe macht, kann nie verkehrt sein.

Hilf dem Schwachen, der Starke kann sich selbst helfen.

Was du auf Erden Gutes tust, wird dir im Himmel vergolten.

Blicke sagen mehr als Worte.

Gewidmet Frau Ing. CLAUDIA ELIAN
Angestellte bei Firma Manner

SCHNEE IM MÄRZ 1998

Es ist wahrlich kein Scherz,
Wir haben schon wieder Schnee im März.

Ich geh' ans Fenster,
Schau frühmorgens hinaus,
Erschrocken ruf ich ‚Oh Graus'!
Da draußen eine weiße, bizarre Pracht!
Der Winter hat sie uns beschert über Nacht!

Es ist bestimmt von mir kein Scherz,
Wir haben schon wieder Schnee im März.

Die zarten Versuche der Natur,
Frühlingsbeginn über Wald und Flur.
Soll das alles zunichte sein?
Winter mach Schluß, geh endlich heim!

Das ist fürwahr ein makabrer Scherz,
Wir brauchen keinen Schnee im März!

Am Nordpol wo du zuhaus,
Dahin verschwinde mit Saus und Braus!
Dort ist dein eigenes Revier,
Wir wollen endlich Frühling hier.

Zum krank werden ist dein Scherz,
Wir brauchen keinen Schnee im März!

Der Lenz pocht auf sein Recht,
Er ist zur Zeit Meister, du nur Knecht.
Laß der Natur ihren Lauf,
Hör endlich zu schneien auf!

Herr Winter, Herr Winter, hab doch ein Herz!
Laß es nie wieder schneien im März.

EIN TRINKBECHER VOLL BITTERER WAHRHEIT
DER ALKOHOL SPRICHT

Wollt ihr Wunder und Zeichen schauen,
Kommt zu mir, ihr Männer und Frauen!
Laßt mich nach meinem Willen nur handeln,
So kann ich die ganze Welt euch verwandeln.
Arm mach ich die Reichen, krank die Gesunden.
Aus Arbeitern schaff ich euch Vagabunden!
Aus Frommen Spötter, aus Weisen Verwirrte,
Aus Fleißigen Faule, aus Guten Verirrte!
Aus züchtigen Jungfrauen, schamlose Weiber,
Aus tüchtigen Männern, Diebe und Räuber!
Aus häuslichem Glück,
Elend und Not,
Aus Nahrung Gift,
aus Leben Tod!
Wie ich das kann,
folgt mir heran,
Das Naß im Faß, tut das ins Glas,
Dann an die Lippen, zum Kosten und Nippen!
Dann munter hinunter, nur mehr gebt her,
Und immer wieder hernieder,
So rühr ich das Feuer, ihr trinket und trinkt,
Bis euch der Abgrund der Hölle verschlingt!

Aus der Erinnerung am 16. 10. 1970

Gewidmet allen Weinbeißern

BRAUEREI-TRAUM

Denke dir mein lieber Freund,
Was ich heute Nacht geträumt.
War verstorben ohne Segen,
Bin allein im Bett gelegen.
Als ich in den Himmel kam,
War ich vorerst ganz allan.
Wie ich so herumspazier,
Riech' ich plötzlich gutes Bier.
Ich traue meiner Nase nicht,
Eine Brauerei in Sicht.
Auf einmal kommt der Petrus her,
Fragt mich! – „Was ist dein Begehr?".
Ich möcht ein Bier, so sage ich,
Petrus verzieht nur sein Gesicht
Im Himmel gibt's doch gar kein Bier,
Bist grod ein paar Minuten hier.
Ach Petrus, lieber Petrus mein,
Laß mich halt eine Spinne sein,
Grod unter mir ist die Brauerei,
Sonst moch ich gleich ein mords Geschrei
Wenn ich net gleich do obi kum,
Fall ich zum zweiten Mal tot um.
Petrus ist ein guter Tropf
Er nimmt mich – beutelt mich beim Schopf,
Und sagt: OK – dein Wille sei,
Bloß sauf net aus die Brauerei.
Danke schön du guter Mann,
Fang auch gleich zum Drucken an.
Wie ich mich so obi laß,
Denk ich – ein Bier, ganz frisch vom Faß,
Das muß was Wunderbares sein,
In einer Brauerei allein.
Am Faden häng' ich, mir wird bang,
Ob der Faden auch so lang?
Auf einmal werde ich ganz bleich,
Ob ich die Brauerei erreich?

S'geht net mehr obi, a net z'ruck,
Einmal noch an festen Ruck.
Obi muß ich – ich druck und druck,
An festen Ruck, ein kleines Stuck.
Mein Durst auf einmal riesengroß,
Was mach ich nun, was ist denn los.
Zwei Meter trennen mich vom Faß.
Ein bißerl noch, mir macht es Spaß.
Ein Aufschrei und es ist vorbei,
Ich bin in meiner Brauerei!
Auf einmal eine mordsdrum Wat'schn,
Die reißt an Riesen aus die Latschen.
Und diesen Schlag bekomme ich,
Von meiner Alten – fürchterlich!
Sie schreit: „Du altes Stachelschwein,
Schei... mir in meine Betten rein!".
Mit an Bier war's nun vorbei,
Hör nur mehr ihr Wehgeschrei!
Dafür hob ich jetzt die Bescherung,
Und krieg ein Bier nur auf Bewährung.

Die Quint-Essenz aus der Geschicht,
Träume von an Bier nicht.

Zur Erinnerung an meinem Vater. 23. 7. 1996

Gewidmet

Frau GERTRUDE STERR

HELFEN

Wenn Du helfen kannst
Dann tu's!
Unser Herrgott schaut Dir zu.
All Dein Werk auf Erden,
Wird Dir von Ihm
Vergolten werden.
Wer Liebe sät
Und Gutes tut,
Ist ganz bestimmt
In seiner Hut.

WA-LU-LI-SO

Als ich ihn das erste Mal sah, es war bei einem Kinderfest, staunte ich nicht schlecht über diese sehenswert angezogene Gestalt.

Als ich neben mir hörte: „Der Verrückte ist auch da".
Da wurde ich neugierig, und habe mich umgehört. Was wollte WALULISO in dieser Aufmachung? Ein Verrückter? Ein Kranker? Ein Komiker? So die Meinung der Befragten. Ein vorschnelles Urteil!

Ein vorschnelles, gedankenloses Verurteilen, nur weil man sich nicht die Mühe macht nachzudenken!

Da befragte ich WALULISO: Ich staunte nicht schlecht über die Antworten, die dieser Mann gab. Oh und wie ich diesen Mann verstand. Ein Gedankenblitz! Das könnte der Zwillingsbruder von unserem „Lieben Augustin" sein.

Der eine ein kreuzfideler Bursche, der andere genau das Gegenteil, ein ernster Mann mit einem so großen, guten Herzen, für alle Menschen dieser Erde: Man stelle sich die beiden einmal nebeneinander vor.

Ich war von WA-LU-LI-SO sehr beeindruckt.

Hiermit lieber WALULISO; ein kleines Andenken, ein Dankeschön, für Dein „Werken" und „Wirken". Du hast auf jeden Fall viele Menschen zum Lachen, zum Belächeln, mich zum Nachdenken gebracht, weil sie nicht in Dein Herz gesehen haben, Deinen guten Willen belächelten.

Du brauchtest deine kuriose Aufmachung, um die Menschen zum Nachdenken zu veranlassen! – „Du warst ein ganz toller Bursche." Du hast Dir selbst ein Denkmal gesetzt! Bin der Meinung, daß Dich die Menschen heute mehr und mehr verstehen.

Danke lieber WALULISO!!!

Gewidmet
den „BEIDEN SUPERMÄNNERN"

DIE MODERNE FRAU

Ich bin eine Frau, die aus Fehlern besteht,
Eine Frau die nichts von der Wirtschaft versteht,
Ich kann nicht kochen und nicht flicken,
Kann nicht nähen und nicht sticken.
Ich kann nicht kehren, keine Betten machen.
Dafür mach ich andere tolle Sachen.
Ich kann nur tanzen und Sport betreiben,
Mein Lieblingsfach will ich hiermit beschreiben.
Das eine was ich wunderbar kann,
Das schätzt bei mir ein jeder Mann,
Ich mache die tollsten Kapriolen dabei,
In dem Moment ist mir alles einerlei.
Fing damit schon recht zeitig an,
Gelernt hat es mir ein recht netter Mann.
Übe sehr fleißig und auch sehr viel,
Früh übt sich, wer Meister werden will.
Er erlernte es mir von rechts und links,
Das Tempo erreichte ich sehr geschwind.
Zum Kraulen und zum Tauchen,
Bin ich am besten zu gebrauchen.
Den ersten Preis habe ich auch schon gewonnen,
Vor Freude beinah unterm Werkelmann gekommen.
Einmal mußte es mir doch gelingen,
Manchmal hörte ich alle Englein singen.
Das Tempo war dann bald gefunden,
Die Schwierigkeiten überwunden.
Mit der Zeit kam die Routine,
So daß ich heut' damit Geld verdiene.
Ja wie gesagt, ich werd vielleicht
Von keiner anderen Frau erreicht.
Jeder braucht es, frühmorgens ist es recht gut,

Wenn gesund geschlafen und ausgeruht,
Macht man es frühmorgens nicht,
Ist man ein Schweinchen fürchterlich.
Wenn ich so mal meine Laune hab,
Geh ich bloß ins Tröpferl-Bad.
Bin ich draußen auf weiter Flur,
Dann sehr gelenkig und geschmeidig nur.
Draußen auf hoher See,
Verlocke alle Männer, schrei laut Juche,
Einer meiner Partner sich müde startet,
Ein anderer schon auf Ablöse wartet.
Mir wird das Starten nie zuviel,
Ich komme immer an mein Ziel.
Sie werden es nicht glauben,
Bin ein Feind von Gummihauben.
Nur für Natur hab ich Interesse,
Mein Element, Gebirge und Nässe.
Doch meine Lieben, warum so erschreckt,
Hier ist kein doppelter Sinn versteckt.
Ich sprach hier von Gutem
Nicht vom Schlimmen.
Was ich so gut kann,
Ist nämlich SCHWIMMEN!

Gewidmet den beiden Familien
SCHMID und SCHMIDT

ES GIBT VIELE...

Es gibt viele Neider und Hasser
Viele Erbschleicher, noch mehr Prasser.
Viele Gauner in teurem Gewand,
Viele Spitzbuben, sehr galant.
Viele Händler mit dubiosen Sachen,
Die sich immer ins Fäustchen lachen.
Es gibt skrupellose Hirne,
Mit ihren verlebten Dirnen.
Viele Herrn, die sich nicht genieren,
Mit diesen Damen des nachts posieren.
Viele Bosse, die kein Erbarmen kennen,
Man könnte viele beim Namen nennen.
Von solch Kreaturen wird die Welt regiert,
Dieweil der kleine Mann dahinvegetiert.
Die Kleinen leben im Grunde sehr schlecht.
Finden kein Erbarmen – kein Recht.
Wie eh und jeh! Er bleibt immer Knecht.
Man sollte doch endlich zur Besinnung kommen,
Der Ehre, der Gerechtigkeit frommen.
Nicht warten bis wieder Kriege entsteh'n.
Den Tatsachen endlich ins Auge seh'n.
Denn Gas, Bomben, Kanonen,
Können nie den Frieden des Volkes schonen.

Weihnachten 1997/98

Gewidmet
den GESCHWISTERN BUCHBERGER

Die Kärntnerischen G'sang'ln,
Von Euch, im Terzett,
Die woarn goa so lustig,
So spritzig und resch.

Dos Singan und Jodeln
Geht schneidig daher,
Ma kaun goa net g'nua kriang,
Will mera und mehr.

Da Almschroa da Anni
Is sakrisch zum hörn,
Geh jauchtz no amol,
I' hör Dich so gern.

Kärnter Lieder-Abend
19. Juni 1954, Steyr OÖ.

Zum Andenken an die so berühmten
und beliebten Geschwister Buchberger.

Ein unvergessenes Erlebnis.

Gewidmet
Herrn Dr. WALTER NORTH

SCHNEE IM MÄRZ 1996

Du armes Herz!
Du armes hungriges Herz,
Sehnst Dich nach Sonne,
Nach Wärme im März.
Möchtest endlich Blumen und Blätter sehn,
Will denn der Winter gar nicht vergehn?

Ein harter Kampf, dieses Jahr,
Des Bauern Saat, ist in Gefahr.
Der Frühling ist noch viel zu schwach,
Herr Winter! Bitte, gib endlich nach.

Gib den Kampf endlich auf!
Laß der Sonn' ihren Lauf.
Laß Vöglein singen und Blumen blühn,
Wir brauchen die Wärme und rundherum Grün.

Für das Land und ihre Menschen wird Sonne gebraucht,
Herr Winter geh' schlafen, komm ruh' dich aus.

Unser hungriges Herz, braucht viel mehr Sonne im März.

Gewidmet
Frau RENATE HISSEK

VORWÄRTS STREBEN!

War das Leben manchmal schaurig,
Voll Verlust, voll Leid und Pein!
Denk' nicht daran, sei niemals traurig,
Immer kann nicht Sonne sein.

Vorwärts sollst als Mensch du streben,
Dann erblüht für dich dein Glück,
Hilfe wird dir niemand geben,
Gott allein lenkt dein Geschick!

Wenn auch oftmals steil die Pfade,
Steinig und gekrümmt dein Weg,
Gott weist dir in jeder Lage
Helfend aufwärts einen Steg.

Immer vorwärts mußt du streben,
Nicht nach rückwärts soll dein Blick.
Gott hat dir ein Ziel gegeben,
Und da gibt es kein Zurück.

Gewidmet
der Familie 28IGER WALLNER

OFFENBARUNG

Es ist so wunderschön zu schau'n
Im Frühling die blühenden Felder und Au'n.

Im Sommer verschiedenes Grün überall.
Es sprießet und grünet der Erdenball.

Im Herbst die reifende Frucht da und dort,
Ein Erntedankfest an manchem Ort.

Der Winter deckt weiß die Erde zu,
Fühlst du's? Die Erde braucht ihre Ruh.

Das Sein und Vergehen ist herrlich erdacht,
Das ist unseres Schöpfers Allmacht.

MUTTERLIEBE

Ohne Dich mein Mütterlein
Leuchtet mir kein Sonnenschein,
Ohne Deine Mutterliebe
Ist mein Leben leer und trübe.
Was Du stets für mich getan,
Weiß ich heut, und denk daran.
Dein so liebend Mutterherz
Heilte manchen großen Schmerz.
Mühsal, Sorgen ohne Ende,
Dämpften liebend Deine Hände.
Immer wieder hilfsbereit,
Teiltest Kummer, Freud und Leid.
Ehrentag ist heut für Dich,
Wünsch darum, Dir inniglich,
Glück Gesundheit, reichsten Segen,
Auf Deinen fernen Lebenswegen.

(An meine Mutter)

Gewidmet dem PFLEGEPERSONAL

DIE LIEBE

Die Liebe wie ein Blumenstrauß,
Oft schnell verwelkt – im Wasser.
Vertrauen macht den I-Punkt aus,
Hegst Zweifel du am Partner.

Die Liebe wie ein Blumenstock,
Mußt du ganz zart begießen,
Dann sprießen viele Zweiglein aus,
Dank deiner Liebesmühen.

Die Liebe wie ein Rosenstock,
Hat oft sehr viele Dornen,
Doch reißt du ein paar Wurzeln aus,
Dann wird er dir verdorren.

Die Liebe wie ein Pulverfaß,
Mußt du ganz sacht behandeln,
Ein kleiner Funke, kann sie dann,
In Explosion verwandeln.

Die Liebe wie der Ozean,
Ist groß, und weit, und schön!
Die Treue ist das Grundprinzip,
Versuch's! Du wirst es seh'n.

Die Liebe ist doch wunderbar!
Zu zweit im trauten Heime,
Umgeben von der Kinderschar,
Bist du niemals alleine.

Nimm in die Eh' die Liebe mit,
Laß dich vom Geld nicht leiten.
Die Liebe, ja die Liebe nur,
Wird dich dann stets begleiten.

Gewidmet
Frau OLGA MOLNAR

DIE WEIDE

Ein Wunder-Baum am Grabe steht,
Das ist für mich die Weide.
Ihre hängenden Äste kunden mir:
„Schau wie ich mit dir leide".

Wenn ich am Eltern-Grabe steh' –
Die Blätter leise rauschen,
Sie sagen mir „Vergiß sie nie"!
Will Träume mit dir tauschen.

Ich steh am Grab oft stundenlang,
Häng nach vergang'nen Zeiten,
Der Trauer-Weide-Blätter-Song
Wird immer mich begleiten.

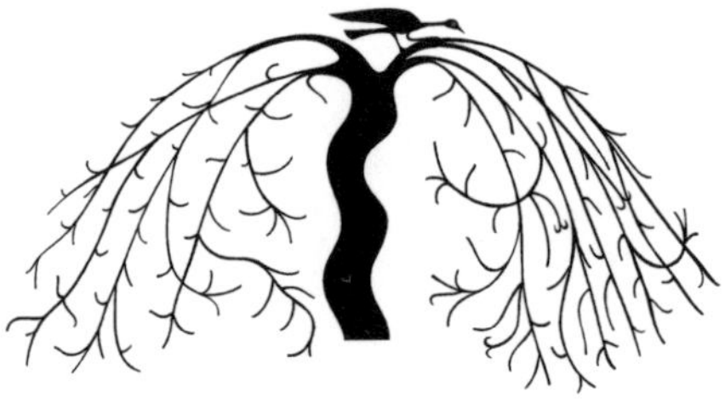

Gewidmet
Frau HEIDELINDE ACS

TRAUMBILD

Über den Dächern meiner Wienerstadt,
Vom Winde getrieben, wie ein Lindenblatt,
Schwebe ich lustig tanzend dahin.
Mit neugierig, ängstlich, sorgendem Sinn.

Ich schau in die Häuser alle hinein,
Seh' viel Kummer, Not, Elend und Pein.
Staun' über die Gegensätze, die krassen,
Wie sich Menschen da lieben, da hassen.

Da liegt ein Kranker in den letzten Zügen,
Hier muß eine Mutter ihr Kindlein wiegen,
Im Ballsaal sich grad ein Bankier verliebt,
In seiner Bank, wird ein Einbruch verübt.

Dort verzehrt das Feuer ein ganzes Haus,
und löscht das Glück vieler Menschen aus,
Ein Kind hör ich weinen, da stürzt ein das Dach,
Ich schreie – ich falle – und bin plötzlich wach.

Das Weinen kam von meinem Kind.
Da sieht man wie so die Träume sind.

Sie gingen Hand in Hand – in Handschellen.

Gar mancher Schwierigkeit entweicht
man durch das hübsche Wort „vielleicht".

Sag nie bestimmt: „Es wird erreicht",
es gibt das hübsche Wort „vielleicht".

Wir mögen keinem gerne gönnen,
daß er was kann, was wir nicht können.

In der Regel folgt auf wenn, erst ein So und dann ein Denn.

Was Recht ist, müßte auch Recht bleiben.

Wer auf den rechten Weg will,
muß durchaus durch sich selbst hindurch.

Niemand holt sein Wort wieder ein.

Der klugen Leute Ungeschick stimmt uns besonders heiter,
man fühlt doch für den Augenblick sich auch einmal gescheiter.

Stets äußert sich der Weise leise, vorsichtig und bedingungsweise.

Kein altes Übel ist so groß,
daß es nicht von einem neuen übertroffen werden könnte.

Bemüh dich nur und sei hübsch froh,
der Ärger kommt schon sowieso.

Beiß doch mal deine Zähne zusammen.

Laß dich nicht unterkriegen.

Kopf hoch, es wird schon wieder werden.

Es liegt mir auf der Zunge, das Gesuchte.

Dem Teufel ein Schnippchen schlagen.

Mein Heim ist meine Burg.

My home is my castle.

Manch einer würde gerne fliehen, wenn er könnte.

Gar mancher hat sich schon beklagt,
ach hätt ich das doch nicht gesagt.

Das wird ein heißer Tag, sagte die Hexe,
da sollte sie verbrannt werden.

Nur was wir glauben, wissen wir gewiß.

Frei ist der Anfang, frei ist das Ende.
Was dazwischen liegt ist notwendig.

Willst du mit Gewalt in das Himmelreich?
Nur durch Wollen, nie durch Grübeln kannst du es erreichen.

Wenn man auch als gescheiter Kerl stirbt, man weiß nie,
ob man nicht als Trottel wieder auflebt.

Was die Wahrheit betrifft, so zeigt sie sich selbst
ihren intimsten Freunden nur in keuscher Umhüllung.

Das sogenannte schlechte Gewissen sollte eigentlich
das Gute heißen, weil es ehrlich die Wahrheit sagt.

Lügen haben sehr kurze Beine.

Stille Wasser sind tief.

Ehrlich währt am längsten.

Geduld und Weisheit sind Brüder.

Flotte Hände schaffen ein rasches Ende.

Redet Geld, so schweigt die Welt.

Lustig leben, und fröhlich sterben,
das heißt dem Teufel die Rechnung verderben.

Feuriges Funkeln allein macht kein wertvolles Schmuckstück.

Not macht erfinderisch.

Wer es glaubt wird selig,
wer es nicht glaubt kommt auch in den Himmel.

Gewidmet
DER MUTTER ZUM ANDENKEN

DIE ALTE UHR

In der Witwe ihrem Zimmer hängt a recht a alte Uhr,
und daneb'n, do schloft wie immer,
In da Wiag'n da klane Bua.
Und die olte Uhr tuat wochen,
Denn die Mutter vom klan Kind,
Die muaß fleißig Kleider mochen,
Und zur Kundschoft laufen g'schwind.
Erwocht da Bua, dann schlogt die Uhr,
Und brummt dabei die Melodei.
Du klaner Engel in da Wiag'n,
Geh immer recht und tua net liag'n.
Sei brav und woah' und ehrlich nur.
Nimm dir a Beispiel von da Uhr.
Greif net am Perpendikel her,
Sonst bleib ich steh'n und geh net mehr.
Drum drah die um und schlof mei Bua,
Dei Freindin ist die alte Uhr.

Und da Bua tuat brav sich holten,
In da Schul' und in da Lehr',
Mocht viel Freud' da Uhr, da olten,
Und sein Mutterl noch viel mehr.
Tauglich ist er, muaß Abschied nehmen.
Er ist Soldat mit Liab und Lust,
Wie er wieder z'haus tuat kumma,
Glänzt a Kreuz an seiner Brust.
Er tritt ein, er ist allein,
Die Uhr sie schlogt, sie schluchzt und singt.
Mei liaba Bua jetzt wan di aus,
Dei Muatterl find'st net mehr im Haus,

I bleib bei dir so wia sich's g'hört,
Verkauf mi net, i bin nichts wert.
Will fleißig gehn bei Tog und Nocht,
Bis daß ich dich hob' glücklich g'mocht.
Da Himmivota hört mein Schwur,
Vertrau auf mich, der olten Uhr.

Hot da Bua a Herz sich g'funden,
Glücklich woar er, ist net zum sog'n.
Lauter schöne frohe Stunden
Hot sei olte Freundin g'schlog'n.
Selig und von Liab durchdrungen,
Geht er hin zum Traualtor.
Nach der Hochzeit steht umschlungen,
Vor der Uhr das junge Poa.
Do plötzlich klingt die Uhr und singt,
Mit leisem Scholl, das letzte Mol.
Nun host du olles wos dir föh't,
Bist net verlossen auf der Wölt.
Drumm pfiat dich Gott, für mich ist Zeit,
I' muaß jetzt in die Ewigkeit.
Ich bin schon olt, recht miad und schwoch,
Mei ganzes Werk'l loßt schon noch.
I' stürz, i foll, leb wohl mei Bua,
In tausend Stück'l war die Uhr.

Nach jahrelanger Kleinarbeit wieder komplett!
Wien, 22. 7. 1996

Meiner Mutter zum Andenken

MONDNOCHT IS

Mondnocht is, Mondnocht is, alles is stü',
Ka Vogerl rührt sich net,
Nur draußen auf der Hoad zwiegertzt a Grü'.
Oll's strohlt so silberweiß, Berg und da Wold,
Des ist die schönste Zeit, die mir so gfollt.

Wenn da Mond in seiner Procht, so vom Himmel oba locht,
Do g'schiacht goa manches oft, ganz unverhofft.
Goa so schön ist die Natur, jubelt, jauchtzt da liabe Bua,
I muaß zu mein Dirnd'l geh'n, s'scheint da Mond so.

Mondnocht is, Mondnocht is, juchazt da Bua,
Er schleicht durch's Dörfl wia a Kotz so schön stad,
Sein'm Deand'l zua, er kralt auf's Latterl rauf,
Liab nur im Sinn, sie mocht ihm's Fensterl auf
Und er woa drin.

Wann da Mond in seiner Procht, so vom Himmel oba locht,
Do g'schiacht goa manches oft, ganz unverhofft.
Scheint da Mond in's Kammerl rei,
Denkt er sich, do schein ich net nei,
Wenn sich zwa tan Bussen gern, brauch'ns ka Latern.

Mondnocht is, Mondnocht is, kummt da Bua z'haus,
Vom Militär, er möcht sei Muatterl gern' seh'n,
Doch sie kommt net raus, er schaut beim Fenster rein,
Vor Schrecken stoa, s'Muatterl liegt, o du mei'
Tot auf da Boa.

Wann da Mond in seiner Procht, so vom Himmel oba locht,
Do g'schiacht goa manches oft, ganz unverhofft.
D'Äugerl san auf ewig zua, voller Schmerz steht do da Bua,
Kummt sich vor, so oarm, so kloa, muatterseelenalloa.

Nach jahrelanger Kleinarbeit endlich geschafft!
Wien, 22. 7. 1996

AN VATER

In mir ist ein weidwundes Sehnen,
Könntest mich in deine starken Arme nehmen,
Fest drücken an dein gutes Herz,
Damit vorbei, mein großer Schmerz!

DIE VERTREIBUNG AUS DEM PARADIES

Als einstens Gott die Welt erschaffen,
Die Meere, Berge und auch Affen,
Schuf er sodann auch noch den Mensch,
Ohne Schuh und ohne Trench.
Adam ist sein Name gewesen,
Konnt nicht schreiben, auch nicht lesen,
Frank und frei, so wie ein Held,
Stand er da auf dieser Welt.
Fand viel Freud an diesem allen,
Mußt er doch keine Steuer zahlen.
Und so ging er übers Land,
Er war nackert, s'war ka Schand.
Alle Vicha tun sich beugen,
Tun ihm seine Ehr bezeugen,
Er war der Höchste, war doch Mensch,
Wenn auch ohne Schuh und Trench.
Somit tät ihm alles g'fallen,
Doch das Dümmste war von allem,
Daß er auf der schönen Welt,
Ob zwar ohne Gwand und Geld,
Do ist g'standen, dos versteht sich,
Ganz alleine ohne Spezi.
Sehr stark hat ihn das verdrossen,
So hot er bei sich beschlossen,
Gleich von seinem Gott und Herrn
Wenigstens an Freund begehren.
Als der Herrgott dies vernommen,
Ist er zu der Einsicht kommen,
Er mocht goa kein groß Manöver,
Schenkt dem Adam drauf die Eva.
Adam hot a mordstrum Freud,
Sie ist a Madel voller Schneid,
Er tuat net brat und an net lang,
Spricht dem Herrgott aus sein Dank.

Hängt sich in die Eva ein,
Marschiert mit ihr rasch querfeldein.
„Halt aus" sogt der Herrgott streng,
Ans gibts net, des sog ich eng.
Do net weit, do steht a Bam,
San die schönsten Äpfel dran.
Feierlich ihr mit gelobst,
Daß net essen werds des Obst.
Und der Adam unverfänglich,
Sogt gleich drauf: „No selbstverständlich".
Verstohlen scheanglt d'Eva daune,
Denkt sich, die Äpfel san net ohne,
Ich nimm holt an, des ist mir wurst,
Ich hob eh an potzen Durst.
Nun wandeln sie verliebt zu zweit,
Der Adam ist voll Seligkeit,
Jetzt sans beim Bam vorüber ganga,
Do liegt beim Stamm a lackl Schlanga.
De woa so dick und a hübsch lang,
Dem Adam woa gleich angst und bang.
Er sogt zur Eva: „Geh ma weita",
Sie meint darauf: „Bleib do, s'ist gscheiter".
Wias beim Bam vorüber gehn,
Bleibt die Eva plötzlich stehn,
Und so schnell, ma hots kaum g'ahnt,
Hot sie an Opfel in der Hand.
Der Adam denkt an sein Versprechen,
Er sogt sei Meinung dera Frechen,
Do meint sie, jo wos soll dos heißen,
Willst dir leicht selbst an runter reißen.
Sie sogt ihm noch viel schöne Sochen,
Da fängt der Adam an zu lochen,
Er loßt jetzt Herrgott, Herrgott sein,
Und beißt recht tiaf in Apfel rein.
So ham die zwa sich ganz vergessen,
Und der Äpfel fünfe g'fressen.

Dos sieht der Herrgott voller Zurn,
Weil er ist so betakelt worn,
Er ruft den Erzengel Gabriel,
Na der mocht erst an mords bahöll.
Sie schrein: Hinaus ihr Diebsgesindel,
Im Paradies gibt's kane Windel,
Mit euch will ich ka Zeit verlieren,
Und tuats gleich aussi delogieren.
Er fragt den Adam unverhohlen,
Warum hobts ihr jetzt Äpfel g'stohlen?
Dem Adam war sei erste Meinung,
Do reichst gleich ein um d'Ehescheidung,
Er bitt' den Herrgott hoch und süß,
Geh' loß mich doch im Paradies,
Der Adam nun erkennt sein Leid,
Er winselt, bitteschön verzeiht,
Ich nimm euch g'wiß kan Apfel mehr,
Doch muß a and're Eva her.
Es nutzt ihm nichts, er muß verduften,
Und auf der Welt um's Brot jetzt schuften,
Es tut ihm leid, er tuat fest wimmern,
Er muß sich um die Eva kümmern.
Er ist betschiert der arme Mug'l,
Die Eva hot er doch am Buck'l.

Die Lehre aus der Geschicht',
Fürchtet euch nicht,
Das Leben zu zweit,
Bringt Freude und Leid!

GLAUBENSBEKENNTNIS – 51 Jahre alt

Im Namen des Vaters Truman, des Sohnes Begin,
und des Heiligen Stalin!
Amen.

Ich glaube an den alliierten Rat, Schöpfer Österreichs und seiner Vierteilung, an das allmächtige Theater, seines Sohnes Figl, unseres Herrn, der empfangen ist von der heiligen Einfalt, geboren auf dem Lande, gelitten unter Adolf Hitler, eingefahren nach Wien, sitzet zur Rechten Herrn Renners, des ohnmächtigen Großvaters, von dannen seine Befehle kommen zu verwirren, die Lebendigen und die Toten.

Ich glaube an die Demokratie, an die Briefzensur, an die Umbenennung der Straßen und Plätze, wie unter den Nazis, an die Eintracht der Perser und Russen, an den ewigen Weltfrieden und an die vereinten NATIONEN! Amen.

Ich glaube an die Auferstehung der Vernunft und an die dritte Befreiung Österreichs durch die vierte Partei! Amen.

Generalissimus Stalin der du bist in dem Kreml, verleidet ist uns dein Name, verschwinde in dein Reich, dein Wille geschehe in Rußland, aber nicht in Österreich. Laß uns unser selbstgebackenes Brot, friß deine Erbsen selber, vergib uns unsere europäische Kultur, wie auch wir vergeben unseren Plünderern, führe uns nicht auf den Hund, sondern erlöse uns von der roten Armee. Amen.

Gegrüßet seist du Lebedenko, du bist ein toller Knabe, der Schreck ist mit dir, vermaledeit unter den Befreiern und vermaledeit ist die Sucht deiner Räuber nach Schnaps und Weibern, grausamer Lebedenko, erlöse uns Österreicher nicht erst in der Stunde unseres Absterbens. Amen.

Heiliger La Guardia mein, wir lassen uns empfohlen sein,
Diesen Tag und alle Stund und gedenken deiner, oh du
SCHWEINEHUND.

Die Preise hoch, die Zonen fest geschlossen –
Die Kalorien fallen Schritt für Schritt.
Es hungern immer noch die gleichen Volksgenossen,
Die anderen hungern nur im Geiste mit.

DES SÄNGERS FLUCH – PARODIE

Es stand sich Zeites Oltes,
Ein furchtbar schenes Schloß
Stand sich auf klanen Higel,
War sich gar nicht groß.
Dahinter wo sich Gart'l,
Mit Zwiebel, Obst, Spinat,
Sich grod in deres Mitten
Ein Spritzbrunn stehen tat.
Dort wohnt ein finster Kenig,
War furchtbar blad und reich.
Er war ein großer Gierschlund,
In seinem großen Reich.
Sein Blick war sich so schrecklich,
Sehr hart in großer Wut,
Er war sich schiach und grauslich,
Sein Unterschreib, war Blut.
Einst ging's zu diesem Schlöss'l,
Zwa bemisch Musikant,
Der Alte saß am Röss'l,
Der Jung daneben stand.
Wie's mi kum's zum Schlöss'l,
Und ging's beim Tür'l rein,
Da saß sich pani Kenig,
In Hand drum Edelstein.
Daneben saß am Stock'l,
Frau Kenigin so sieß,
Sie war sich fesches Mad'l,
Von Kopf bis zu die Fieß.

Der Alte sagt zum Jungen,
Och posor liebe Sohn,
Am liebsten war ich g'ritten,
Gleich auf und davon.
Der Alte schlug Tschinelle,
Er haut so wuchtig drein,
Daß von den Plafon fliegen,
Beinah die Ziegelstein.
Der Junge blies Posaune,
Er blies so rein und hell,
Das pani Kenig zerspringet,
Beinah der Trommelfell.
Sie singen von schönen Zeiten,
Von Würde, Ehr und Lust.
Sie besingen himmlische Weiten,
Und jodeln aus voller Brust.
Sie singen von Lenz und Liebe,
Von goldener Herrlichkeit,
Sie singen von allem Schönen,
Was Menschenherz erfreut.
Es schimmert wie gold'ne Sonne,
Des Jüngling's blondes Haar,
Sie fallen in langen Locken,
S'ist eine Pracht fürwahr.
Die Ritter voll Erstaunen
Sind jeden Spottes bar,
Sie fallen auf die Knie,
Vor pani Sängerpaar.

Die Kenigin so lieblich,
Sie seufzt aus lauter Lust,
Sie wirft dem Sänger Kußhand,
An seine Heldenbrust.
Sie ist sich voll Entzücken,
Ist so entzückt und sieß,
Sie haut den Sänger a Kned'l,
Mit sießem Blick in's Gfrieß.
Da wird pani Kenig wütend,
Sein Antlitz sein's wird rot,
Er schreit: „Du sollst mir bießen,
Verfluchtes Idiot,
Hast mein Volk verführet,
Verführst mein Kenigin –".
Da nimmt pani Kenig Gewehr!
Pums!
Da war der Sänger hin.
Der Olte nimmt den Jungen,
Wos Loch am Schäd'l hot,
Er bind ihm auf sein Röss'l,
Mit drum Papierspogot.
Er fängt sich an zu fluchen,
Er flucht sich so gemein,
Daß vor schenieren rot wer'n,
Die weißen Ziegelstein.

Du gottverfluchtes Kenig,
Der Teifel soll dich hol'n,
Und in der Luft zerreißen,
Wie Gulasch und Fisol'n,
Dein Name soll vergehen,
Vergeh'n soll Ruhm und Ehr,
Dein Name soll steh'n,
In kana Geschichte mehr.
Und olles ist verfollen,
Wos amol wirklich wor,
Auf dem Plotz wo Palast,
Steht nur mehr stanern Tor.
Und olles ist verfollen,
Wos mol wor rein und nett,
Grod auf den Platz wo Spritzbrunn,
Nur mehr klane Toilette steht.

IN DER KATZENSCHULE

In der Katzenschule sitzen zwanzig Kätzchen,
groß und klein, schwarze, weiße, braune, graue,
alle sind sie nett und fein.
Lehrer ist der schwarze Kater
mit der Brille auf der Nas'
und die Schüler müssen folgen,
der Herr Lehrer liebt den Spaß.
Laufen, springen, klettern und das Mäusefangen
lernt man auch,
der Herr Lehrer schreibt auch Noten,
weil es in der Schul' so brauch.
In der Singstund' lernen sie miau, miau, miau,
schnurren hoch und tief, der Kater nimmt es
wirklich sehr genau.
Wer nicht Acht gibt und den Lehrer ärgert,
muß im Winkel stehn,
und er darf dann in der Pause
nicht aufs Dach spazieren gehn.
Ist der Unterricht zu Ende,
gehn die Kätzchen brav nach Haus.
Und sie freuen sich schon alle
auf den guten Mäuseschmaus.

DER KATZENSCHULE MUSS ICH EIN VORWORT WIDMEN

Es kam so. Meine jüngste Schwester lebt in den USA, sie ist um 7 Jahre und 3 Monate jünger, leider schon Witwe, sie telefoniert zumindest einmal im Monat mit mir.

Wir schwelgen in Erinnerungen, Kindheit, Schulzeit, u.s.w. Kannst dich erinnern, weißt du noch oder wie ging das Gedicht, kannst du noch das Gedicht, kannst du noch das Lied...

So kam die Katzenschule ans Licht. Dies Gedicht durfte meine Schwester in der Volksschule aufsagen, aber leider hat sie nur mehr Bruchstücke in Erinnerung.

Ich konnte mich leider auch nicht mehr erinnern. Ich setzte alle möglichen und unmöglichen Stellen, Schulen in Bewegung. Meine Tochter Sylvia ist Lehrerin, aber der Lehrplan ist ein ganz anderer. Sie konnte mir auch nicht helfen.

Wer sollte sich auch an eine Katzenschule, welche vor gut 50 Jahren an Schulen als Hausaufgabe auswendig zu lernen war, erinnern. Also rief ich die Volksschule an, wo wir die ersten 4-Schnupperjahre ins Leben machten.

Frau Dr. Schuster, machte sich die Mühe, und schickte mir Nr. 103, 104 und 105. Herzlichen Dank Frau Dr. Schuster.

Voll Freude schickte ich alles meiner Schwester. Aber leider entsprach es nicht ihren Erinnerungen. Schwester Therry hatte immer wieder nur eine Zeile, ein Merksl, ein Bruchstück des Textes. Sie konnte mir sehr viel erklären, aber nicht reimen.

Also machte ich mich an die Arbeit; für sie eine neue Katzenschule zu basteln. Und siehe da! – Urteilen Sie selbst! – Es gibt eine neue Katzenschule.

Jetzt war mein Schwesterlein zufrieden.

Weihnachten 1997

Mein liebes Schwesterlein Therry, ich hoffe, daß diese von mir erstandene „KATZENSCHULE" dich etwas entschädigt. Das Original ist nicht mehr aufzutreiben.

DIE KATZENSCHULE!

In der Katzenschule sitzen zwanzig Kätzchen,
Große, kleine, schwarze, weiße, braune, graue,
Alle sind sie schmuck und fein,
Lehrer ist der schwarze Kater,
Mit der Brille auf der Nase,
Und die Schüler müssen brav sein
Denn sonst gibt es eine Strafe.

Laufen, Springen, Klettern,
und das Mäusefangen,...
Weil es so der Brauch;
Lernt man in der Katzenschule auch.

Lehrer Kater, gibt auch Noten,
Für das Lied, Miau, miau,
Schnurren hoch und tief, die Kätzchen,
Lehrer Kater, benotet sehr genau.

Peter heißt ein kleiner, brauner Kater,
Ein gar lustiger Mäuse-Wicht,
Stört gar oft mit seinen Späßen,
den beliebten Unterricht.

Plötzlich klopft es an der Türe,
der Herr Lehrer ruft: „Tritt ein".
Die allerkleinste Katze Pussy,
Kommt sehr zögernd nun herein.

Ach ich bitte um Verzeihung,
ich fing meine erste Maus,
und sie zieht aus ihrer Schürze,
wirklich eine Maus heraus.

Bravo, Bravo – lobt der Lehrer,
Das ist eine Fleiß-Aufgab,
Weil noch keiner seiner Schüler,
eine Maus gefangen hat.

Alle feiern Pussy-Kätzchen,
Sie beschnuppern ihre Maus,
Möchten all zu gerne kosten,
Von dem guten Mäuseschmaus.

Lehrer Kater sagt zur Heldin!
„Und als Lohn für diese Tat,
Einen Tag bekommst du schulfrei,
Den du auch verdienet hast."

Wer nicht acht gibt, den Lehrer ärgert,
Muß zur Straf' im Winkel steh'n,
Und er darf dann in der Pause,
Nicht aufs Dach spazieren geh'n.

Ist der Unterricht zu Ende,
Geh'n die Kätzchen brav nach Haus,
Und sie freuen sich gar mächtig,
Auf den guten Mäuseschmaus.

*Nach langwierigen Telefonaten mit Schwester Therry, USA,
ist die Katzenschule wiedererstanden – 1997*

HINTER UNSERER OFENBANK

Hinter unserer Ofenbank,
Sitzt ein Kätzchen blink und blank,
Bussy heißts, ein Schleifchen hats.
Und sie ist mein Herzensschatz.
Immer ist sie nett und zierlich,
Wäscht und putzt sich fein manierlich,
nicht wie Franz, der schreit wie toll,
Wenn er sich mal waschen soll.

*Schwester Steffi, in Heilbronn lebend, schickte mir das Gedicht.
1997, Wien*

DIE WAHRE LIEBE

Es sitzt im Mondenscheine, er und sie alleine
In der finsteren schwarzen Nacht.
Sie macht ihm Mut ein bißchen,
Er raubt ihr ein Küßchen,
Daraus wird's Liebesg'ständnis g'macht.
Er nimmt sie um die Mitten,
Tut sein Herz ausschütten,
Während man von Lieb' und Treue spricht,
Hat bei den Herzenswogen,
Er ihr's Tascherl zogen.
Na seh'ns, die wahre Liebe ist das nicht.

Die geliebte Frau Rosalie, geht schön pomali,
Über's Eisenbahngeleis.
Kaum ist die Alte d'rüber,
Braust der Zug vorüber,
Nix ist g'scheh'n, glücklicher Weis.
Dos kommt ihrem Mann zu Ohren,
Der kriegt an Eselszorn,
Will die Eisenbahn zitier'n vor's Gericht,
Weil die Raubersknaben,
Stets Verspätung haben.
Na seh'ns, die wahre Liebe ist das nicht.

Grüß Gott geliebtes Weiberl, süßes Turteltauberl,
So kommt abends der Ehemann nach Haus.
Die Gattin unterdessen,
Richt ihm's Abendessen,
Und er setzt sich hin zum Schmaus.
Woos? a so a Kraut a g'wölchtes,
Und so a G'sölchtes,
Wo man nichts wie lauter Fett'n sicht,
Und sta'hort da Kned'l,
Ich hau dir'n gleich am Sched'l.
Na seh'ns, die wahre Liebe ist das nicht.

Aus meiner Erinnerung

SPRÜCHE

Freunde in der Not, gehen tausend auf ein Lot.

Wenn man den Teufel bezwingen will, muß man zum Herrgott beten.

Wenn du über den Graben springen willst,
brauchst du einen guten Anlauf.

Wo ein Wille ist, ist auch ein Weg.

Ein gebranntes Kind, scheut das Feuer.

Die Not macht erfinderisch.

Es ist zu schön um wahr zu sein.

Ein Traummännlein ist nichts gegen dich.

Die Ersten werden die Letzten sein.

Unser Leben besteht aus zwei Möglichkeiten,
aus Vertrauen und Hoffen.

Gütig zu sein ist keine Schande.

Freude bereiten macht glücklich.

Wie der Schelm ist, so denkt er.

Gutgläubigkeit kann ein großer Fehler sein.

Der Zweck heiligt die Mittel.

Wer rasch hilft, hilft doppelt.

Was du willst, kannst du auch.

Den Seinen gibt es der Herr im Schlaf.

Wer suchet, der findet.

Kein Meister fällt vom Himmel.

Glauben heißt nichts Wissen.

Milde erreicht mehr als Heftigkeit.

Denken beim Schenken.

ÜBERRUMPELUNG

Im Krieg habe ich das Augenlicht verloren. Die Rechtsakademie absolvierte ich als Blinder mit staatlicher Unterstützung, die Studiumskosten hatte ich ja schon im Krieg vorausbezahlt, und nun mein Firmenschild herausgehängt: Robert Staud, Rechtsanwalt. Nun wartete ich auf meinen ersten Klienten, der sich per Telefon oder persönlich in meinem Büro anmelden würde, und verbrachte im übrigen meine Zeit mit Lesen in Braille-Schrift.

Eines vormittags klingelte das Telefon. Es war Albin Hann, der Chefberater einer Versicherungsgesellschaft. Er machte mir ein gelegentliches Angebot, auf die Art, wie ich es brauchte – und immer brauchen würde. „Mein Mitarbeiterstab ist überarbeitet, Herr Staud", sagte er. „Wenn Sie uns aushelfen können, werde ich Ihnen den Akt Grete Trop überweisen". „Dies wird meine Erstlingsaufgabe sein!" warnte ich. „Ich weiß es, Herr Rechtsanwalt", antwortete er warm.

Ich dankte ihm und hängte ein. Ich wußte, daß Albin Hann die Leumundszeugnisse der Rechtsakademie überwachte und dann Fälle an juristische Gelbschnäbel überantwortete. Die ersten wurden gewöhnlich im außertrittigen Verfahren beigelegt; verlief aber die Erstlingsaufgabe erfolgreich, so folgten darauf wichtigere Fälle, die vor den Schöffen zu verhandeln waren. Dabei errungene Erfolge verhießen die Aufstiegsleiter eines tüchtigen, gesuchten Rechtsanwaltes. Ich lehnte mich in meinem Lehnstuhl zurück, ein Gebet im Herzen und auf den Lippen – für die wundervollen Leute in der Welt, die mir auf meinem schweren Weg geholfen hatten.

Da war der Helicopterpilot, der eine Hölle durchflogen hatte, um mich zu retten; dann der Chirurg, der gesagt hatte: „Wir haben das Menschenmöglichste getan, um Ihre Sehkraft zu erhalten, Leutnant; aber leider...". Und dann hatte er alles getan, um mich auf der dunklen Fährte vorwärts zu orientieren. Da war auch diese seelenvolle Pflegerin, der ich meinen Brief an Marie diktierte, in welchem ich unsere Verlobung löste. „Beschreiben Sie mir einmal Ihre Marie,

Leutnant?" hatte sie gesagt. „Braune Augen, honigblonde Haare, hübsch, schlank, mit flinkem Geist, lustig, fabelhafter Kamerad vollständig treu", schloß ich meine Schilderung.

„Wenn sie so ist, wird sie die Verlobung nicht lösen, Leutnant", hatte die Schwester gesagt. „Sie hat sich nie in einen dunklen, stattlichen Robert Staud, einen Allerwelts-Kriegshelden verliebt. Sie hat sich bestimmt in den inneren Mann verliebt". Und so war es auch. Marie hatte, als sie den Brief erhalten hatte, ein Ferngespräch verlangt und mir den Kopf zurechtgesetzt; sie meinte: „Ich möchte nicht noch einmal einen Unsinn hören, Robi; im Notfall wirst du von Papa zum Altar geschubst". Und dann hatten wir beide gelacht.

Als ich endlich heimkam, hatte sie alles zur Hochzeit vorbereitet, auch eine Wohnung gemietet, ihre Maschinschreibkenntnisse aufpoliert, ein Diktafon gekauft und sie übte sich eifrig im juristischen Schriftverkehr. Warum sollte ich nicht auch ein Geben auf den Lippen haben. Bei all den Gedanken war mir sehr feierlich zumute. Ich nahm den Akt Grete Trop mit nach Hause. Es war ein einfacher Fall von Körperverletzung. Hans Damon, der Versicherte, hatte ein Stopsignal überfahren. Grete Trop war ihm in den Wagen hineingefahren. Sie klagte wegen einer Schulterverletzung. Allein der Vertragsarzt der Gesellschaft hatte nur Quetschungen konstatiert. Mir schien, daß das Angebot der Versicherung mit 5.000.– Schilling für die Wagenreparatur und 10.000.– Schilling für mutmaßliche Beschädigung an der Schulter und den Nerven, für die Klägerin eine geradezu generöse Entschädigung war. Nichtsdestoweniger ermächtigte mich Albin Hann, wenn notwendig, bis auf 30.000.– Schilling zu gehen.

Ich ließ Grete Trop in mein Büro kommen, um die Sache eventuell gütlich beizulegen. Grete Trop setzte sich mir gegenüber und sprach: „Über Anraten von Freunden, Herr Staud, konsultierte ich einen Rechtsanwalt, einen Herrn Gremp. Dieser war höchst aufgebracht über das Angebot von 15.000.– Schilling Ihrer Gesellschaft. Ich kann meinen Arm nicht über Schulterhöhe heben. Meine Pläne für eine Karriere als Konzert-Violinistin sind zunichte. Herr Gremp meint, ich sollte mich nicht mit weniger als 50.000.– begnügen".

Ich kannte Gremp, er hatte sich ein Vermögen mit lauter solchen Körperverletzungsfällen zusammengerafft, wobei er immer die Hälfte der Schadenersatzsumme für sich kassierte. Mich wunderte nur, warum Albin Hann nicht einen gewiegten Anwalt mit diesem Fall betraute. Wußte er doch genau, mit welchen Methoden Gremp arbeitete. Ich wünschte nichts sehnlicher, als sehen zu können, um Grete Trops Augen, Mienen, Gesten und Haltung zu studieren, um entscheiden zu können, ob dies eine klare Überrumpelung war. Ich fühlte mich durch meine Blindheit im Nachteil, zündete eine Zigarette an und sagte: „Ich werde Herrn Hann die Sachlage schildern und Sie dann anrufen".

Ich hörte nun die Geräusche, die eine Frau macht, wenn sie sich zum Ausgehen vorbereitet: Öffnen der Handtasche, Herausnehmen des Kammes, Entkapseln des Lippenstiftes, all das Bißchen von Routine, die jeder kennt. Zu meiner Verwunderung summte Grete Trop eine kleine Melodie, als sie wegging. Ich war ziemlich deprimiert. Aber da fiel mir plötzlich ein, was der Doktor zu mir gesagt hatte: „Seien Sie wachsam in Bezug auf Geräusche, gerade Sie als Blinder".

Ungeduldig auf Marie wartend, die einkaufen gegangen war, rauchte ich Kette. Ich wünschte eine kleine Probe aufs Exempel zu machen. „Setz Dich und erzähle", forderte ich Marie auf, als sie hereinkam. Wir plauderten etwa 15 Minuten, und dann sagte ich: „Also, gehen wir, sowie Du fertig bist"! Sie machte nun dieselben Bewegungen, die vorhin Grete Trop gemacht hatte, und meinte schließlich, sie sei fertig.

„Nur noch eine Minute", entgegnete ich und wählte die Nummer von Albin Hann. „Ich denke Gremp hat Grete Trop da zu einer netten Überrumpelung beschwatzt. Sie besteht darauf, sie könne ihren rechten Arm nicht über Schulterhöhe heben und ihre Karriere sei zunichte." Ich führte Details an. „Sie sind doch ein Ehemann Hr. Hann." „Seit vierzig Jahren", war die Antwort. „Entsinnen Sie sich, was Ihre Frau vor dem Ausgehen macht?" Für mehrere Sekunden war es nun still. Dann lachte er. „Ich sehe schon was Sie meinen.

Telefonieren Sie Gremp an, daß Sie den Fall bei Gericht vertreten werden. Wir müssen dieses Überrumpelungsmanöver bekämpfen. Denken Sie bitte daran, Gremp paukt seine Klienten derart, daß sie jedem Kreuzverhör standhalten. Sie werden die Trop mit keinem Trick dazu bringen, ihren Arm über Schulterhöhe zu heben. Das Urteil wird auf ihr mutmaßliches Einkommen als Konzertviolinistin ausgesprochen werden. Gremp wird sie sogar gründlich in Musik unterrichten, damit sie bei Gericht klassische Stücke erkennen kann. Also werden Sie sie da nicht in die Falle kriegen. Und schließlich wird er es fertig bringen, wenigstens einen Musikliebhaber unter die Schöffen zu plazieren, dessen Herz für die Klägerin bluten wird, wenn Gremp seine Anklagerede beendet. Also viel Glück, Staud."

„Soll ich verstehen, – Herr Hann - daß..." „Ja, Sie behalten den Fall", versicherte er mir. „Zögern Sie nicht, uns zu Hilfe zu rufen. Ich werde bei der Verhandlung zugegen sein, wenn Sie mich brauchen."

Später kam ich mit Professor Merks, dem berühmten und vornehmsten Violinpädagogen der Stadt, in Berührung, einem Konzertviolinisten, der in halber Zurückgezogenheit lebt. Ich erklärte ihm mein Anliegen. Aber er wies mein Ansinnen nachdrücklich zurück. „Was Sie von mir verlangen, Herr Staud", sagte er, „ist eine Beleidigung meiner Kunst." „Grete Trop und Gremp mißbrauchen Ihre Kunst, um eine große Summe Geld zu ergattern", sagte ich. Nach einer Weile des Überlegens gab er seine Zustimmung. „Na gut, aber es mißfällt mir trotzdem", sagte er. Gremp klagte 50.000.– Schilling ein und war überrascht, daß ich gar keine Anstrengungen machte, die Angelegenheit in Güte beizulegen.

Seine Plazierung zweier Musiker unter die Schöffen war glänzend manövriert, und wenn ich den Fehler gemacht hätte, die Wahl eines der beiden anzufechten, so hätte er es wahrscheinlich meiner Unerfahrenheit zugeschrieben. Für gewöhnlich bringt jedermann dem Erstlingsfall eines Anwaltes große Sympathie entgegen. Der Richter ist geduldig und der Gegenanwalt rücksichtsvoll, Gremp war darin keine Ausnahme.

So wurde die Verhandlung eröffnet, und ich wandte mich gegen Grete Trops Stimme: „Sie behaupten, daß Ihre Lehrer Ihnen eine einträgliche Konzertkarriere vorausgesagt hätten, Fräulein Trop," fragte ich. „Warum werden diese nicht als Zeugen vor Gericht geladen?" „Professor March ist verstorben und Professor Drax ist im Ausland," gab sie zur Antwort. „Aber beide sprachen voll Lob über mein Spiel und mein Gehör." „Fräulein Trop, wollen Sie gewisse Stücke identifizieren, die ich Professor Marken bitten will, uns vorzuspielen?" fragte ich. „Sehr gern", war die Antwort!

Ich erkannte an ihrem Tonfall, daß Gremp sie für eine derartige Beweisführung präpariert hatte. Wahrscheinlich hat sie stundenlang Grammophonplatten hören müssen. Marken begann zu spielen. „Schuberts Serenade, vorzüglich aufgeführt", sagte sie nach dem ersten Stück träumerisch. Ich wußte wie Marken litt, als er nun Teile von den nächsten drei Klassikern spielte, welche sie leicht erkannte. Marken spielte die Stücke mit unterdrückter Wut. „Beethovens Kreuzer-Sonate, rührend wiedergegeben", meinte sie beim letzten Stück. „Danke, Frl. Trop", sagte ich, „ich habe keine Frage mehr an sie."

Da war ein Murmeln im Gerichtssaal, und ich wußte, daß viele der Zuhörer nicht viel von meiner Verteidigung hielten. Gremp hielt nun seine Anklagerede, worüber einige Zuhörer in Tränen ausbrachen. Ich vergoß keine Tränen in meiner Resümeeansprache; ich deutete nur darauf hin, daß Fräulein Trops Empfindsamkeit zum Ton so arm sei, daß ihre Karriere in anderen Gefilden liegen müsse.

Als das Urteil verlesen wurde, saß ich mit schwitzenden Handflächen. „Wir, die Schöffen, finden, daß die Entschädigung von 7.000.– Schilling an Fräulein Trop vollkommen ausreichend ist." Fräulein Trop unterbrach die gespannte Stille. „Gremp, Sie, Sie Winkeladvokat! Herr Staud bot mir 15.000.– Schilling!" Der Richter ließ seinen Hammer fallen als Zeichen, daß die Verhandlung beendet sei. Fräulein Trops Freunde beeilten sich, sie aus dem Gerichtssaal zu bringen.

Später im Zimmer des Richters, sagte dieser zu mir: „Ihre Kürze ließ sehr wenig übrig, worauf Gremp seine Berufung führen könnte. Ich vermute dahinter eine Geschichte, junger Mann". „Ich erinnere mich, daß mir ein Militärarzt versicherte, es gäbe so etwas wie Ausgleichsempfindungen, welche jenen, die ihr Augenlicht verloren haben, helfen. Als Fräulein Trop in mein Büro kam, hatte ich ein Gefühl der Minderwertigkeit, weil ich ihr Gesicht nicht sehen konnte. Aber dann, ganz plötzlich, daß meine Blindheit, die Frau veranlaßte, ihre Wachsamkeit fallen zu lassen. Von den Geräuschen, die sie machte und welche ich als jungverheirateter Mann wieder erkannte, wußte ich, daß sie ihren Lippenstift gebrauchte, ihr Haar und ihren Hut zurechtrückte, Bewegungen, welche ein Heben der Arme über Schulterhöhe erforderte", setzte ich fort. „Also wußte ich, es war ein Überrumpelungsmanöver. Als sie wegging, summte sie eine gutbekannte Violinnummer. Als ich ihr zuhörte, konnte ich mir gut vorstellen, daß ihr jeder Violinlehrer, schon lange Zeit vorher, gesagt haben mag, daß sie nie dieses Instrument würde spielen können. Sie hatte auch meiner Meinung nach schon lange diesen Plan aufgegeben, bis ihr Gremp diese Idee wieder einimpfte. Ich war mir plötzlich dessen gewiß, mein Rechtspartner, die Ausgleichsempfindung, war sehr bei der Arbeit", sagte ich.

Alles was ich zu tun hatte, war, die Musikliebhaber auf den Schöffenplätzen zu belassen. Sie würden von Fräulein Trops Mangel an Tongehör und musikalischen Kenntnissen überzeugt werden, wenn sie den Fehler machte, die Musikstücke für richtig zu erkennen, die Professor Marken voll Bedacht FALSCH spielte...

ERKENNTNIS

FÜR DICH

Sei im Leben mir ergeben,
Ich verlange doch nicht viel.
Bißchen Glaube, bißchen Liebe,
Damit kommst Du leicht an's Ziel.

Sei zufrieden! Heut und immer,
Was das Leben Dir auch bringt.
Glaub an Dich! Und Du wirst sehen,
Nur darin liegt all Dein Glück.

Heute und in weit'ren Tagen,
Will zur Seite ich Dir steh'n,
Ja! – wir werden es schon schaffen,
Vergnügt und froh durchs Leben gehen.

Meinem Gatten gewidmet, 31. 12. 1956

ZUM GEBURTSTAG

Ach liebe Leut! –
Es ist ein Lumpenzeug,
Mir läuft die Galle über,
Hast gar kein' Wert, auf dieser Welt,
Wenn 70 bist und drüber.
Daß du mal jung und schön gewesen bist,
Das läßt keiner gelten.
Du zählst zum alten Eisen,
Und hast nichts zu melden.
Lang leben will ein jeder Mensch,
Doch alt will keiner werden.
Doch s'Alter hat mit der Zeit
So allerhand Beschwerden.
Man sieht net gut, man hört net gut,
S'Gedächtnis will auch schwinden.
S'Zahnwerk ist aus Porzellan,
Bis auf an Stumpen hinten.
Wie hat dich früher s'Schaffen gefreut,
Heut muß man dich wegschicken.
Dazu kommt noch a Hexenschuß.
Du kannst dich nimma bücken.
Wenn dann dem Doktor alles klagst,
Der wird dich nur auslachen,
Das sind Alterserscheinungen,
Da ist nix mehr zu machen.
Ist unsre Schönheit auch verblaßt,
Und allerhand verschossen,
Im Herzen sind wir noch ganz jung,
Wir lachen grad zu Possen.

Dieses lustige Geburtstags-Gedicht schickte mir meine Schwester aus dem Schwabenland.
Auf diesem Weg ein Dankeschön Schwester Steffi.

EIN TRAUM –
DIE STILLE HIMMELS-NACHT

Ein andermal da träumte mir,
Ich stehe vor der Himmelstür,
Klopf ganz fest, die Tür geht auf,
Der Herrgott macht mir selber auf.
Er sagt: „Tritt ein mein Sohn,
Auf dich wart' ich zehn Tage schon".
Die Verspätung hast verschuldet,
Sowas wird hier nicht geduldet.
Ich wollt nicht rauf – hier ist's zu still,
Brauch das Lärmen, das Gefühl,
Daß rundherum stets was passiert.
Mei Weiberl dann den Kopf verliert.
Es ist so lustig, wenn sie spinnt.
Und alles dann zusammenrennt.
Das ist vorbei, jetzt sei schön still,
Nimm alles hier, wie's kommen will.
Heroben, das ist sonnenklar,
Es ist so ruhig, goa kein G'schra.
Na ja – sehr leise hier.
Heroben gibt es kein Pläsier.
Oh – danke schön, mein Herr und Gott,
Ich verdufte, stad und flott.
Zu ruhig hier, fürwahr.
Auf Dauer – gar nicht wunderbar.
Wie ich so herum spazier,
Hob ich auf einmal so ein G'spür,
Einen Druck im Bauch, ein Jagen.
Muß ganz g'schwinde jemand fragen,
Wo hier die Tür, mit'n g'schnitzten Herz.
Ich brauchs, sonst fahr ich obi, hört's.
Lange halt ich's nicht mehr aus.
Wo ist die Tür, schrei ich, o Graus.

Die große Wolke, zeigt mir Einer,
Das war der Petrus und sonst keiner.
Ach danke schön! – und s'Klopapier?
Die kleine Wolke vor der Tür,
Sagt eine rauhe Stimme gleich.
Nimms nur getrost, sie ist schön weich.
Bist im Himmel net daham,
Hier ist alles wundersam.
Mir ist dabei – so, so, la, la,
Ich sitz und druck, für mich allan.
Auf einmal ein Erwachen kam,
Was ist nur los, bin ich daham.
Hör mei Weiberl narrisch schrein,
Du mieses altes Warzenschwein.
Auf meine Tuchent tust du schei...
Sie dann aus dem Fenster schmeißen.
Den Polster nimmst als Klopapier,
Willst damit zur Hintertür.
Was sind das wiederum für Sachen,
Zum Weinen ist es, nicht zum Lachen.
Krieg eine Watsch'n gar nicht sacht.
Vorbei die stille Himmels-Nacht.

(Diesen Traum erzählte mein Vater
an einem Sonntag im Mai, 1930)

TROST!

Liebe Mitzi gräm' dich nicht,
Wenn so hart das Schicksal spricht!
Nimmt dein Kindlein von dir fort,
Trägts an einen kühlen Ort.

Was ein liebend Mutterherz,
Verwindet oft nicht leicht den Schmerz,
Wenn das Kind in ihrem Schoß
Gebrochen liegt wie eine Ros'.

Auch dir mein liebes Brüderlein
Leg' ich heut in's Herz hinein,
Ergib dich nicht dem großen Schmerz,
Denn du – du brauchst das stärk're Herz.

Tröst liebend zart dein junges Weib,
Sei ihr zu helfen stets bereit!
Wenn ihr zusammen tragt dies Leid,
Seid ihr bald vom Schmerz befreit.

Wenn sonntags ihr zur Kirche geht,
Und ihr dann sagt ein fromm' Gebet
Und höret eure Orgel singen,
Dann mag es euch wie Balsam klingen.

Wenn ihr anstatt Kirchenchor
Euch stellt lauter Englein vor,
Die das Halleluja singen
Und euch Gottes Segen bringen.

Könnt ihr ruhig zu euch sagen
Und den Kopf wieder höher tragen,
Eines ist von uns dabei,
Dann werd't ihr wieder froh und frei.

Meinem Bruder und seiner Frau, 1957

SPRÜCHE

Wem das Herz voll ist, geht der Mund über.

Lügen haben kurze Beine.

Grau ist alle Theorie.

Sei nett zu den Menschen, auf dem Weg nach oben,
du wirst sie alle nach unten begegnen.

Da lügt man jahrelang, und alles wird geglaubt,
nun sage ich die Wahrheit, und sie glauben mir nicht.

Was heute nicht geschieht, ist morgen nicht getan.

Tritt nicht in das berühmte Fettnäpfchen.

Die Hand wund schreiben.

Am Anfang war das Wort.

Der Tag hat viel zu viele Stunden, zwischen Morgen und Abend.

Die Augen sind der Spiegel der Seele.

Denk nur an heute, laß die Zukunft für sich selbst sorgen.

Ehrlich währt am längsten.

Ein reines Gewissen, ist ein sanftes Ruhekissen.

Wer sich von der Angst beherrschen läßt, hat schon verloren.

Eifersucht ist eine Sucht, die mit Eifer sucht.

O – weh – wenn Blicke töten könnten.

Ein Blick sagt mehr als tausend Worte.

Die Ruhe sei den Menschen heilig, nur Verrückte haben es eilig.

Über Geld spricht man nicht, man hat es.

Hast du Sorgen – laß dich nicht unterkriegen.

Nach Regen folgt Sonne.

Eiserner Wille und Ausdauer sind dein Erfolg.

NÄCHTLICHER BESUCH

Es liegt zwar schon etliche Jahre zurück, was ich hier erzählen will, ist mir aber trotzdem noch so frisch in Erinnerung, als wäre es erst gestern passiert.

Es war um die Zeit, als sich die politische Krise immer mehr zuspitzte und vom Krieg gemunkelt wurde. Meine Eltern waren stets sehr bedacht, uns Kinder von allen aufregenden Ereignissen fernzuhalten. Aber eines nachts war es doch nicht zu vermeiden, daß wir Kinder von einer heftigen Angst und Aufregung befallen wurden.

Das war so: Meine Eltern waren gerade nicht zu Hause und bei solchen Gelegenheiten mußte ich als die Älteste immer das Hausmütterchen spielen. Das war oft sehr hart für mich, da wir sechs Kinder waren.

Meine kleineren Geschwister hatte ich zu Bett gebracht, selber lag ich schon und konnte und konnte nicht einschlafen; ich hatte furchtbare Angst! Warum? Weshalb? Ich wußte mir auf alle Fragen keine Antwort zu geben. Im Geiste ging ich die Aufträge nochmals durch, welche mir meine Eltern überantwortet hatten, konnte aber keinen Fehler finden der die Ursache meiner Unruhe gerechtfertigt hätte. Nun drehte ich das Licht aus und versuchte einzuschlafen.

Da! – auf einmal schreckte ich in die Höhe. Treff, unser Schäferhund bellte wie verrückt; er war tagsüber mit einer langen Kette, welche an einem Drahtseil befestigt war, angehängt, sodaß er genügend Bewegungsfreiheit hatte. Nachts aber wollte er seine Freiheit und mußte darum losgelassen werden, sonst gab er keine Ruhe. Nun erinnerte ich mich, daß ich vergessen hatte, Treff frei zu lassen. Jetzt aber schnell aus den Federn, raus in den Garten, – armer Treffi; ‚so, nun hast du deine nächtliche Freiheit und wirst zufrieden sein'. Er leckte mir zum Zeichen des Dankes die Hand; ich aber lief schnell wieder zurück in die warmen Polster um zu schlafen. Ich zog die Knie fest an den Körper und drückte die Augen zu. Wenn ich mir aber eingebildet hatte nun Ruhe zu haben und einschlafen zu können, so hatte ich mich gründlich getäuscht.

Es dauerte gar nicht lange und das Hundegekläff wurde noch viel stärker. Nun bekam ich es noch mehr mit der Angst zu tun, war es doch um die Krampuszeit. Abermals stand ich auf und holte Treff in die Wohnung, um ihm eine eindringliche Ermahnung zu machen. Aber Treff gab keine Ruhe, er wollte unbedingt das neue Spiel durchprobieren; mir blieb wirklich nichts anderes übrig als nach der Einkaufstasche zu suchen und mit ihm zu spielen, zeigte er doch bei all den Ermahnungen, die ich ihm machte, absolut kein schlechtes Gewissen.

Also stand ich auf, um die Einkaufstasche zu holen; aber ach, – die war voll mit Lebensmitteln, hergerichtet für den nächsten Tag, an dem ich die Sachen zu Frau Dr. S. tragen mußte, weil ihr Mann politisch eingesperrt war. Mir tat sie furchtbar leid, so hilflos mit ihren beiden Mädeln; die Ältere ging mit mir zur Schule.

Während ich so überlegte ob ich nicht doch besser eine andere Tasche nehmen sollte, stupste mich Treff mit seiner kalten, feuchten Schnauze, abwechselnd mal mich, mal die Tasche. Es gab keine Zweifel, diese war die leichteste von den Taschen und er wollte nur mit der spielen. Also räumte ich sie aus; halt was fällt da zu Boden! – Ein Brief! – Merkwürdig, – schon so oft habe ich Lebensmittel zur Frau Dr. S. getragen, aber ein Brief war nie dabei. Macht nichts Treff, spielen wir halt eben Briefträger. Ich legte den Brief wieder zurück in die Tasche, gab sie ihm ins Maul und sagte: „Bring halt irgend etwas, aber verlier das Schreiben nicht!", dabei machte ich einen Satz ins Bett. Da stand noch immer mein Treff, drehte sein Kopferl mal auf die linke, mal auf die rechte Seite, schaute mich mit seinen treuen, klugen Augerln an, als wollte er sagen: „Was ist das wieder für ein undurchsichtiger Auftrag". „Na! – geh nur" ermunterte ich ihn. Er ging nun zur Tür, machte sie auf, aber nicht so freudig wie sonst, er schien zu überlegen, was er anstellen sollte, das sah ich an seinem Gange. Für einen Moment war es nun ganz ruhig. Aber auf einmal hörte ich, wie er aus seiner Hütte raus zum Gartentor stürzte.

Aus seinem Gehaben erkannte ich, daß ein Fremder herein wollte. Ich schlüpfte in meinen Morgenrock, welchen ich noch nicht lange hatte. Der Gedanke, daß mich heute zum ersten Male ein Fremder in meinem neuen, bunten Kleidungsstück sehen würde, blitzte durch meinen eitlen Kopf. Ja als Kind war ich manchmal schon recht eitel.

Ich streckte meinen Kopf bei der Haustüre raus, beruhigte Treff, aber da verschlug es mir beinahe die Stimme, denn 4 Herren standen beim Gartentor. Treff am Halsband erwischend, fragte ich die Herrn was sie denn wollten. Als sie zu reden anfingen, riß sich der Hund los und stürzte zum Zaun. Das war kein gutes Zeichen, wenn Treff so wütend war.

„Wir wollen hinein, nimm den Köter weg", hörte ich sie sagen; ich war sehr zornig, daß man meinen Treff, welcher ein dressierter Schäferhund war, Köter nannte, deshalb antwortete ich ziemlich kurz: „Meine Eltern sind nicht daheim, Sie müssen schon ein anderes Mal kommen, außerdem ist es schon halb elf Uhr nachts, da macht man keine Besuche mehr". Sie wollten noch Verschiedenes wissen, aber ich konnte ihre Fragen nicht beantworten, und weil der Hund sein zorniges Bellen nicht einstellte, wurden einige Nachbarn wach. Diese schimpften fürchterlich ob dieser Ruhestörung; darauf verschwanden die 4 Gespenster. Als solche sind sie mir in der stockdüsteren, in Nebel gehüllten Nacht erschienen.

Aber es sollte eine Nacht sein, in der ich keine Ruhe finden konnte. Der Schlaf war mir vergangen und meine jüngeren Geschwister waren auch wach geworden, so daß ich Mühe hatte, sie wieder in das Traumland zu singen. Kaum dachte ich sie schlafend, als Treff abermals mörderisch zu bellen anfing. Scheinbar hatte er selber eine Stinkwut wegen der dauernden Störungen.

Diesmal wurde das Gebelle von freudigem Winseln untermischt. Da hörte ich auch den gütigen Zuspruch meiner Mutter. Jetzt erst fiel mir ein Stein vom Herzen, endlich! – Meine Eltern waren von ihrer Reise zurückgekehrt.

Kaum hatte ich das gedacht, als auch schon die Tür aufgestoßen wurde und zwei der nächtlichen Besucher betraten vor meinen Eltern die Wohnung. Da war nun wieder die drückende Stille im Herzen, die Angst! Was jetzt folgte ist sehr schwer wiederzugeben, denn im Handumdrehen war die sauber aufgeräumte Wohnung in ein wahres Chaos verwandelt. Ein Herr kam noch von draußen dazu. Zu dritt begannen sie sämtliche Laden zu öffnen, die Wäsche aus dem Kasten wurde ganz einfach auf den Boden geworfen, die Betten durcheinander gewühlt, selbst die Matratzen hochgehoben. Ich hörte wie einer der Männer zu den anderen sagte: „Nichts". Das selbe Theater begann nun in den beiden Kinderzimmern. Wir mußten heraus aus den warmen Betten und standen bald zähneklappernd, heulend, ängstlich auf unsere Eltern blickend. Ich kannte meinen Vater und wußte, daß er nun beim Anblick dieser Unordnung einen Wutanfall unterdrückte. ‚Wenn das nur gut geht' dachte ich.

Meine Mutter stand händeringend, aber stumm daneben, sie bekämpfte tapfer ihre Tränen, wußte sie doch auch nicht, was das alles zu bedeuten hatte.

Als derselbe Zauber nun im Wohnzimmer begann, konnte sich mein Vater nicht enthalten zu sagen: „Was suchen die Herrn eigentlich? Vielleicht könnte ich behilflich sein, so würde weniger Unordnung entstehen, außerdem bin ich gewohnt, meine Sachen etwas mehr zu schonen. Man sieht die Herrn sind noch sehr jung und haben sich bestimmt noch nichts hart verdienen müssen". Nun blickte einer der Herrn meinen Vater böse an: „Was wollen Sie damit sagen?" fragte er. „Ich wollte damit nur zum Ausdruck bringen, daß Sie mit meinen Sachen behutsamer umgehen sollen." Ein giftiger Blick war die Antwort.

Sie ließen sich aber nicht beirren und fingen nun ihrerseits an, Wände und Fußböden abzuklopfen. Als sie fast fertig waren kam ein Leuchten über ihre Züge. Jetzt klang es hohl! – ich konnte es auch ganz deutlich hören. „AHA! doch nicht ganz umsonst", war die erfreute Feststellung. Als sie den Vorhang zur Seite taten, entdeckten sie unser Wandkasterl.

Mein Vater hatte vor noch nicht all zu langer Zeit in die Wand zwischen den beiden Fenstern im Wohnzimmer, ein kleines Wandschrankerl einarbeiten lassen. Mir schoß der Gedanke durch den Kopf – War das verboten? Niemand hier in der Gegend hatte Ähnliches.

„Öffnen Sie hier" war die barsche Aufforderung! Aber mein Vater fand den Schlüssel nicht sogleich. Wollte doch dieser Unhold ein Beil haben, damit es schneller geht, meinte der herzlose Grünspecht, wie ihn mein Vater später immer nannte. Aber Vati's Geduld war zu Ende. „Hören Sie Herr Inspektor! Sie werden nun warten, ich habe wahrlich genug Geduld gezeigt. Außerdem werde ich mich bei Ihrem

Chef, Herrn Kommissar Hoffmann beschweren." Ein höhnisches Lächeln der drei Männer war zu sehen. „Ich weiß, daß er zur Zeit nicht erreichbar ist, ich sage Ihnen aber, Sie machen sich eines schweren Übertrittes schuldig, ich lasse mir das nicht bieten."

Vater machte einen verzweifelten Blick, wie mir schien, zur Mama. Aber es nützte nichts, er mußte aufsperren. Es folge nun eine erregte Debatte, welche mit dem ängstlichen Geschrei der 6 Kinder vermischt wurde, weswegen wir wieder von den Männern angebrüllt wurden, was die ganze Situation nur noch verschlimmerte. Wir zitterten am ganzen Körper vor Angst und Kälte und keines hätte hinterher zu sagen vermocht, welches von beiden größer war. Mutti, die bis dahin verstört zugesehen hatte, begann nun heftig zu wettern.

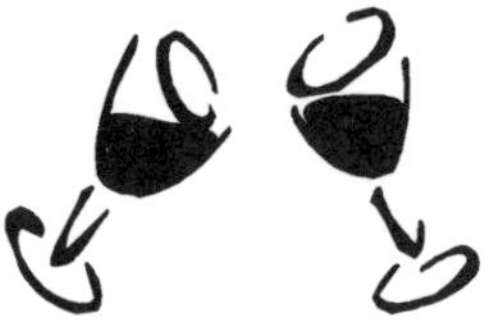

Mittlerweile hatte Vater den Schlüssel gefunden und öffnete das Wandschrankerl, entnahm aber sogleich eine Flasche Likör und zwei Gläser und schenkte für sich und Mama ein.

„Prost Kathi, wir haben es nötig!" meinte mein Vater. Nun hatte sich mein Vater wieder in der Gewalt und über Mamas Gesicht lief ein blitzartiges Lächeln. Sie griff nach der Ebenholzschatulle, welche der eine Inspektor gerade auf den Tisch stellte.

Es war lustig zu sehen, was die 3 Männer für lange, enttäuschte Gesichter machten. Die hatten etwas anderes dahinter vermutet. Das sah nun auch ich.

Als der eine sah, daß Mama nach der Schatulle griff, öffnete er sie selber und beförderte lauter Photos und Ansichtskarten auf den Tisch. Da war das Bild des Papstes, eines von Lenin, eine Karte mit der Kreuzigung Christi, ein Farbendruck von Roosevelt, ein Bild Hitlers und mein Vater als strammer Husarenleutnant.

„Da staunen Sie, meine Herrn, wie wir Großen uns hier gut verstehen", hörte ich meinen Vater sagen.

Auch einige Kartonschachteln, welche noch frisch vom Kaufmann waren, rissen sie auf und schauten hinein, es waren lauter Christbaumsachen, die Mama schon für Weihnachten angeschafft hatte. Sie ärgerte sich sehr, daß sie die kleinen Kinder zu sehen bekamen. Aber es war schon geschehen. Einige Tage später ließ sie uns wieder in das Wandschrankerl schauen, damit wir auch glauben konnten, das Christkind habe die Sachen wieder abgeholt. Ich tat damals genauso erstaunt, obwohl mich Mama schon seit einigen Jahren darüber aufgeklärt hatte.

Nun begann der Grünspecht meinen Vater zu verhören: „Wir wissen genau Bescheid, Sie unterstützen Dr. S. und befördern Post an seine Familie und Komplizen, geben Sie das zu? Außerdem haben Sie einen Schwarzfunk".

Mein Vater lachte nun aus vollen Halse, hörte gar nicht wie der Inspektor meinte, er solle gestehen; es sei ein Milderungsgrund. Mein Vater schenkte nun die Gläser von neuem voll und meinte wieder zu meiner Mutter gewandt: „Prost Alte, das ist der beste Witz des Jahres!". „Machen Sie keine lächerlichen Ausflüchte, man kennt Sie viel zu gut in unserem kleinen Städtchen, daß man nicht genau über Sie Bescheid wüßte." „Hören Sie Herr Inspektor, es stimmt zwar, daß ich die Frau Dr. S. mit Lebensmitteln aus meinem Geschäft beliefere, aber nur deshalb, weil ihr Mann, als unser Hausarzt, von mir noch Honorar zu bekommen hat. Auf der einen Seite schickt man Menschen, die ihre Schulden nicht bezahlen, den Gerichtsvollzieher, mir – weil ich sie bezahle, die Kriminalpolizei. Finden Sie das nicht auch lächerlich?".

„Sie sprechen 11 Sprachen und haben immer mal vom Ausland Besuch; wir wissen alles genau." „Ihr Wissen in allen Ehren, hoffentlich wissen Sie auch, daß meine Kinder endlich ins Bett müssen. Ich ersuche Sie nun mein Haus zu verlassen." Bei den letzten Worten zog meine Mutter triumphierend eine Ansichtskarte hervor, sie hatte bis dahin nervös in all dem Wust von Karten, welche wahllos auf dem Tisch verstreut waren, gesucht. „Hier Herr Inspektor! Eine Karte von ihrem Chef, da lesen Sie..." Der eine Inspektor nahm die Karte zur Hand und las. Man sah ihm an, daß es ihm nicht ganz einerlei war. „Liebe Käthe und Theo, von hier die allerherzlichsten Grüße und alles Gute. Werde voraussichtlich 14 Tage hier zu tun haben. Was gibt es Neues? Schreibt einmal." Es stand noch weit mehr drauf, konnte doch dieser Mann in ein 2 Groschenstück ein ganzes Vaterunser schreiben.

Das war Wasser auf die Mühle. Fast fluchtartig verließen nun die drei unser Haus, uns in dem Chaos zurücklassend. Als sie Vater zum Gartentor brachte, waren natürlich einige Nachbarn am Fenster und fragten, was los ist. Als sie erfuhren was war, boten sich drei Frauen an, meiner Mutter zu helfen. Im Nu war die ganze Unordnung verschwunden, wir Kinder lagen im Bett und hatten ein inniges Dankgebet auf den Lippen.

Aber eben so schnell wie die Unordnung verschwunden war, war auch die Likörflasche leer und eitle Freude statt Ärger war im Haus. Mit vielen Dankesworten brachte nun mein Vater auch die lieben Frauen zum Gartentor, um sich seinen Reisestaub abzuschütteln.

Kaum war er im Wohnzimmer, da ein mißglückter Versuch die Türe zu öffnen und nun ein Kratzen. „Das ist Treff, geh mach auf..." Ich lief zur Tür und machte auf. Da war nun Mama und Vater wieder ganz erstaunt, weil Treff die Tasche mit dem so heiß gesuchten Brief herein brachte, er schaute mich dabei so traurig an, als wollte er sagen: ‚Es tut mir leid, aber dein Auftrag war zu unvollständig'! Jetzt mußte ich meinen Eltern den ganzen Vorgang erzählen, aber sie konnten sich doch nicht erklären, wie Treff zu der Tasche und dem Brief kam. Im Geheimen hatten sie Angst, als die drei Grünspechte in den Lebensmittelsäcken herumstöberten, sie könnten das Schreiben entdecken.

Unser Treff wurde als großer Held gefeiert und bekam dafür 2 Knacker und ich durfte mir etwas wünschen. Ich wünschte mir eine kleinere Einkaufstasche, damit sich Treff nicht so zu plagen braucht, wenn er mit mir Einkaufen spielt, denn die große Ledertasche war unhandlich, außerdem mußte er sein Kopferl so hoch in die Höhe geben und da tat er mir immer so leid.

SPRÜCHE

Viel Lärm um nichts.

Schöne Kleider machen Leute.

Eine Schwalbe macht noch lange keinen Sommer.

Segle ruhig weiter wenn der Mast auch bricht,
Gott ist dein Begleiter, er verläßt dich nicht.

Für jeden kommt einmal die Stunde der Wahrheit.

Zeitig auf und späte nieder, bringt verlorene Güter wieder.

Wir zwei gegen den Rest der Welt.

Das Schicksal grenzt niemanden aus.

Spare in der Zeit, dann hast du in der Not.

Hoffnung ist das stärkste Mittel, das wir haben.
Die Hoffnung macht uns unendlich stark.

Male nicht den Teufel an die Wand.

Was sich liebt, das neckt sich.

Die beste Arznei ist die Liebe.

Man soll den Tag nicht vor dem Abend loben.

Wenn es sein muß, weiß man gar nicht wie stark man sein kann.

Das ist des Pudels Kern.

Genau Distanz abschätzen bevor man springt.

Da liegt der Hase im Pfeffer.

Beklage nie den Morgen, der Müh und Arbeit gibt,
es ist so schön zu sorgen, für Menschen die man liebt.

Was heute nicht geschieht, ist morgen nicht getan.

Einem Genie hängt man kein Preisschild um den Hals
oder vor die Augen.

Der Krug geht so lange zum Brunnen, bis er bricht.

Finanzielle Absicherung ist nicht alles,
aber alles ist nichts ohne finanzielle Absicherung.

Über vergossene Milch soll man nicht weinen.

Ich wünsche allen die mich kennen, 10 mal mehr als sie mir gönnen.

Schönheit ist mächtig, Geld allmächtig.

Je größer die Schuld – um so höher die Zinsen.

Willst du wissen wie deine Frau einmal aussieht,
so schau dir deine Schwiegermutter an.

Sag mir wer dein Umgang ist, und ich sage dir wer du bist.

Wie die Alten sungen, so zwitschern die Jungen.

Man darf die bösen Geister nicht aufwecken, laß sie schlafen.

Wer den Groschen nicht ehrt, ist den Schilling nicht wert.

Ausnahmen bestätigen die Regel.

Packe das Glück, wenn du es triffst, mit beiden Händen.

Eulen nach Athen tragen.

Nobel geht die Welt in Scherben.

Großtun kann nur der Kleine.

Eingeschüchtert ohne Gegenwehr,
kommt einem Schuldbekenntnis gleich.

Wir verfügen über Kräfte, die den Verstand ausschließen.

Durch Reden kommen die Leut' zusammen.

Manch Einer hat die Rechnung ohne den Wirt gemacht.

Diejenigen die versuchen etwas zu beweisen,
haben sehr selten Erfolg.

KINDERMUND

Meine Freundin, Frau Hofrat Mellita F. war zu Besuch angesagt.

Sie war sehr redegewandt, erzählte gerne, konnte es aber nicht leiden, wenn sie bei ihren Schilderungen unterbrochen wurde.

Sie war eine reizende Dame, ich mochte Mellita auch ob ihrer Eigenheit.

Also war ich bemüht, die Plauderstunde so harmonisch wie möglich zu gestalten.

Mein Sohn hatte die Gewohnheit, wenn Besuch anwesend war, zu meinen Füßen, halb unter dem Tisch zu sitzen, sich mit einem Buch oder Bausteinen zu beschäftigen. So war es auch diesmal.

Er hatte ein Bilderbuch, blätterte darin und wollte immer wieder zu einem Bild eine Erklärung von mir.

Als ich merkte wie meine Freundin nervös wurde, sagte ich zu meinem Sohn: „Hör mal Karlheinz, wenn Tante Melitta zu Besuch ist, hast du Pause! Ich will zuhören".

Er sah mir ganz ruhig in die Augen und meinte: „Na dann habe ich ja immer Pause!" war die schlagfertige Antwort, aus einem schmollenden Kindermund.

Meine Freundin und ich lachten Tränen.

September 1954

WARUM? – WARUM? – WARUM?

Alle Kinder haben mehr oder weniger das Warum-Alter. Meine drei Kleinen, Sylvia, Carmen und Karlheinz, waren im „Warum-Alter". Es waren 14 und 18 Monate Altersunterschied.

Die konnten mich schon bis zum „geht nicht mehr" ausfragen. Oft – sehr oft! Was sage ich nun?

Meine Tochter Carmen war im Moment Spitze im „Warum". Hatte den Dreien auch schon einigen „Warums" standhalten müssen und war erschöpft.

Zum Beispiel: Warum müssen Kinder folgen? Warum schneit es im Winter? Warum ist die eine Rose rot, die andere weiß? Warum ist der Vati so groß und du so klein? Warum sind die Fliegen so lästig? Warum mußt du arbeiten gehen?

Mir war es zuviel, ich sagte: „Warum? Warum? Warum?". „Warum haben die Frösche keine Schwänze?"

Da sah mich meine Tochter Carmen mit so großen fragenden Kulleraugen an, als verstünde sie die Welt nicht mehr und meinte, still überzeugend. „Na weil's keine Hunde sind!"

Da blieb mir die Spucke weg. Wie hätten Sie reagiert? Na weil's keine Hunde sind!

August 1953

KINDERLOGIK

Eines Nachmittags saß die Oma mit meiner vierjährigen Tochter im Garten und erzählte ihr Märchen, als ich gerade aus der Stadt kam.

Als mich meine Tochter im neuen Sommerkleid und eben vom Friseur kommend, sah, meinte sie zur Oma: „Gelt, Oma, wir haben eine schöne Mutti. Sag mal Omi, war die Märchenprinzessin auch so schön wie meine Mutti?".

„Ja mein Kind, genau so schön war die Prinzessin. Solange die Menschen jung sind und sich pflegen, sind sie schön." „Du Omi, die Rita hat zu mir gesagt, ihre Mutter wäre eine Schönheitskönigin gewesen. Aber das glaube ich nicht. Die ist doch noch lange nicht so schön wie meine Mutti."

„Sieh mal, man muß wirklich nicht alles glauben. In diesem Fall kannst du ja sagen, was ich nicht selber sehe, das glaube ich nicht." Darauf folgte eine längere Pause. Man konnte förmlich sehen, wie der kleine Kinderkopf das Gesagte verarbeitete. „Sag, Omi, warst du auch einmal jung und schön?" fragte sie dann unvermittelt. Ich konnte nur mit Mühe ein Lachen unterdrücken, kannte ich doch meine Schwiegermutter. Sie ist heute noch eine sehr hübsche Frau; und sie ist sich dessen bewußt.

Während ich dies dachte, beteuerte sie auch schon: „Das will ich meinen, mein Kleines! Ich war wie deine Mutti, das kannst du mir glauben".

Ein kurzes Überlegen, ein ungläubiges Anstarren, und dann: „Du Omi! Was ich nicht sehen kann, das glaube ich auch nicht" war die schlagfertige Entgegnung. „Das habe ich von meinen Aufklärungen", meinte die Oma und wir lachten herzlich.

Es war ein stürmischer, verregneter Tag, da mußte ich ganz schnelle zum Kaufmann. Da ich bei dem Wetter die drei kleinen Kinder nicht mitnehmen konnte, mußte ich sie einsperren. „Kinder, seid schön brav, ich muß ganz schnell einkaufen, ich bringe euch ein Gutzi mit, ja." Für ein Gutzi, ein Stück Schokolade oder ein Zuckerl, bemüht sich wohl jedes Kind. „Ja Mutti wir werden schon schön brav sein, aber bleib nicht zu lange aus" meinten sie.

Leider dauerte es doch etwas länger, als ich gedacht hatte. Und was ich nun zuhause antraf, war mehr als genug: Mein dreijähriger Sohn, er ist der Jüngste, hatte sich den Wäscheschrank geöffnet und sämtliche Krawatten meines Mannes herausgenommen und um den Hals gewickelt, einige lagen auch auf dem Boden verstreut. So stand der kleine Kerl vor dem Spiegel, als ich heimkam.

„Aber Bubi, was machst du denn da?" meinte ich halb ärgerlich halb lachend. „Das darfst du doch nicht, Papa wird sehr böse sein." „Mutti, welche paßt mir am besten?", wollte ungestört durch meine Ermahnung der kleine eitle Mann wissen. „Gar keine, mein Sohn!" „Mutti hier die braune, die binde mir bitte um", bettelte der süße Strick.

Aber ich nahm sie ihm alle weg. Darauf ein Bitten und Betteln, dem man als Mutter nur sehr schwer widerstehen kann. Doch ich blieb wenigstens für den Augenblick hart und gab nicht nach. Als mein Söhnchen sah, daß er mit Bitten nichts erreichte, verlegte er sich auf die Logik und machte mir folgenden Vorschlag. „Mutti, schau, du willst doch auch immer, daß Vati eine Krawatte trägt. Du machst doch ein Schnoferl, wenn er seine .... wie sagt der Papa zum Onkel Kurt immer...?"

Ich stellte mich unwissend, als hätte ich keine Ahnung, was mein Junge meinte. Aber wer ist schon einem hartnäckigen Buben auf Dauer gewachsen? „Du Mutti, du mußt doch wissen, wie der Papa sagt, wenn er seine Krawatte heruntergibt... Er sagt doch immer so wie ... Kutubinde oder Kutubande... Mutti, bitte, du weißt es, denk nach..." Ja, mein Mann, der Krawatten nicht gerne trägt, hat einen schönen Ausspruch. Doch ich wollte nicht, daß mein Sohn das nachsagt. Er ließ jedoch nicht locker.

„Schau Bubi, so etwas sagt man nicht als kleiner Mann. Du mußt immer denken, Papa sagt das auch nur im Scherz." „Ja, Mutti, aber bitte sage mir doch wie das heißt." „Runter mit der Kulturschande", so sagt er, gestand ich. „Juchu! so geht es!" Und gleich darauf: „Mutti, ich will ein Professor werden, ein Kavalier will ich auch sein, dazu brauche ich eine Krawatte. Bitte binde mir die braune um". Ich kapitulierte.

Während ich so mit meinem Sohn verhandelte, hörte ich immer wieder ein „UUUHUU ... Mutti!" „Wo sind denn die Mäderln, Bubi?" „Weißt Mutti, die haben sich versteckt, die mußt du suchen, die sind sooo lustig!"

Als ich sie aus ihrem Versteck, dem Besenkammerl, herausholte, konnte ich mich wirklich nicht mehr zurückhalten. Denn was ich da sah, erinnerte mich an zwei ganz tolle Faschingsgesichter. Geschminkt waren sie einfach unbeschreiblich. Die Augenbrauen glichen einem Gestrüpp, so hatten sie sie verschmiert. Das übrige Gesichterl war über und über voll mit Lippenstift, Rouge und Puder. Dazu machten sie so komische Mienenspiele, daß ich den kleinen Spatzen nicht einmal böse sein konnte. „Mutti schau, wir spielen Knall und Fall! Das ist so lustig!"

„Mutti, wieso bist du denn so dick? Bist du krank?" fragte mich eines Tages meine Tochter, sie war vier Jahre alt. Ich stand kurz vor der Niederkunft und war deshalb schon etwas nervös. So sagte ich nur, „Ja mein Kind, aber das geht bald vorüber, sei schön brav, und geh spielen". „Du arme Mutti! Was fehlt dir denn?" forschte sie weiter. „Du Mutti, hast du vielleicht die Wassersucht wie sie die Omi gehabt hat?" wollte sie weiter wissen.

Diesen Wissensdurst zu stillen, wurde mir erspart, die Hebamme kam, sie schickte die Kinder in ihre Zimmer. Einige Wochen später, ich hatte längst auf die Wassersuchtgeschichte vergessen, als meine Tochter zu mir kam. „Mutti, das war aber nicht die gleiche Wassersucht, wie sie die Oma hatte." „So? Wie kommst du denn darauf?" fragte ich ganz erstaunt. „Schau Mutti, wie die Oma aus dem Krankenhaus kam, war sie auch nicht mehr dick; aber ein kleines Brüderlein hat sie nicht mitgebracht!" Was hätte ich nun sagen sollen?

Für ein kultiviertes Gespräch bin ich stets bereit,
doch hasse ich Falschheit, Lüge und Streit.
Um keinen Ärger zu erleiden, solche Menschen meiden.

Den Nächsten nicht mit Haß zu seh'n!
Versuch es doch, es müßte geh'n.

Sei im Entscheiden sehr bedacht; der Untergang kommt über Nacht.

Alles zu seiner Zeit.

Das ist zum Greifen nahe.

Das ist doch wohl zum Kotzen.

Nimm dir Zeit, sie ist ja da.

Erst denken, dann reden.

Erst überlegen, dann handeln.

Liebe und Leid, sind sehr nahe Verwandte.

Ich kann dich nicht riechen.

Es wird nicht so heiß gegessen, wie gekocht.

Je älter man wird, je hastiger tritt sie einem auf die Haken,
die Zeit, die sogenannte.

Wer längst Vergangenes in der Gegenwart aufsuchen möchte,
setzt sich meist einer großen Enttäuschung aus.

Das Leben wird schließlich mit dem Tode bestraft.

Die Geister, ob gut oder böse, sind unbeliebte Gäste.

Nach dem vierzigsten Jahr ändert keiner mehr seine
erworbene Philosophie.

Toleranz ist gut, aber nicht gegenüber den Intoleranten.

Dumme Gedanken hat jeder, nur der Weise verschweigt sie.

Manch einer denkt nicht weiter als seine Nase lang ist.

SPRÜCHE

Gar mancher hat zu früh gejubelt.

Tu was du nicht lassen kannst.

Den Bock zum Gärtner machen.

Gegen die Dummheit ist kein Kraut gewachsen.

Es ist schön, wahre Freunde zu haben – aber wer hat die schon.

Du predigst Wasser und trinkst Wein.

Bescheidenheit ist eine Zier, doch weiter kommt man ohne ihr.

Wer keine Feinde hat taugt nichts.

Feinde sind unsere Bestätigung.

Wer Blumen und Musik liebt, ist bestimmt von lauterem Gemüt.

Ich will – dies Wort ist mächtig, sprichts einer leis und still,
die Sterne reißts vom Himmel, das kleine Wort ich will.

Eines Tages stolperst du über die eigene Blödheit.

Arm im Beutel, krank im Herzen.

Alles über einen Kamm scheren.

Der Zweck heiligt die Mittel.

Da ist Hopfen und Malz verloren.

Im Dank verschlingt sich alles Sein.

In der Jugend wild, im Alter mild.

Frauenkenner wird man frühestens, wenn es zu spät ist.

Der Wein ist mir zu edel, um Sorgen darin zu ertränken.

Frauen vereinfachen ihr Leben, indem sie ihre Wünsche verdoppeln.

In der Lebenskunst gibt es nur wenige Meister.

Das Leben ist ein Spiel, man muß nur auf die richtigen Leute setzen.

DIE ZWEITE CHANCE

Die letzten Gäste waren gegangen, Alan hatte sie die Treppe hinabgeleitet und stand nun für einige Augenblicke im Hotelfoyer, unschlüssig mit sich selbst, was er tun sollte. Er sah in Neonbuchstaben ‚Colibri-Bar'. Doch er wandte sich um und ging zurück zum Aufzug. Der Liftboy hielt ihm die Tür. „Guten Abend, Herr Forster", grüßte er, und Alan nickte. Es waren bereits zwei Fahrgäste im Lift, ein Mädchen und ein älterer Herr. Das Mädchen war außerordentlich hübsch, hatte klare blaue Augen und hochstehende Backenknochen. Sie lächelte zu dem Mann.

„Müde Süßes?", fragte der. „Ein wenig Papsch. Aber angenehm müde. Es war so wundervoll. Ich wünschte, Mutter wäre gekommen." Der Alte lächelte. „Sie ist der Überzeugung, daß sie ihre Rosen nicht verlassen kann." Sie lehnte ihren Kopf gegen des Mannes Schulter und schloß die Augen.

Alan ertappte sich, wie er auf sie starrte. Dann öffnete sie die Augen wieder und blickte für einen langen Augenblick zu ihm. Verlegen schaute er weg.

Der Lift hielt im 20. Stockwerk, im Stockwerk Alans. Der Mann und das Mädchen stiegen auch aus. Sie wandten sich ab und gingen den Korridor links weiter. Alan hörte das Murmeln ihrer Stimmen und fühlte sich plötzlich sehr einsam. Seine Zimmerflucht, für deren Bezahlung sein Verleger aufkam, war mit Cocktailgläsern und halbgegessenen Sandwiches angeräumt. Hier war, so durfte er überzeugt sein, die gesamte maßgebende literarische Welt von New York zur Abendparty zugegen gewesen. Alan konnte sich selbst schmeicheln, daß es aus dem Grunde geschehen war, weil sein erstes Buch, das vor drei Jahren erschienen war, eine ausgezeichnete Kritik erhalten hatte. „Ein zweiter Dumas", hatten sie geschrieben. „Wie erstaunlich, daß einer, so jung noch, so tief in die Herzen der Kriegsflieger schauen kann." Bei der Party war auch ein Mann von einem der Literaturmagazine gewesen. Er hatte Alan und seinen Verleger über seine Lieblingstheorie ausgefragt. „Ein Autor offenbart sein geheimstes Selbst in seinem Werk", hatte der Mann gesagt. „Ganz unmöglich für einen Mann, wenn er nicht selbst große Courage hatte, einen Helden wie den Ihren in jenem letzten Buch zu erschaffen. Stimmts, Sie waren natürlich mit der Luftwaffe im Gefechtseinsatz." „Kurze Zeit," hatte Alan zugegeben. „Ich war noch sehr jung." So waren sie alle, die Ritter des Himmels, hatte der Kritiker geschwärmt.

In diesem Moment hatte Alan Forster beinahe gewünscht, sein Verleger hätte ihn nie von London zum Stapellauf seines zweiten Buches herüber geladen. Besonders peinlich war es ihm, als er Bert Herbert den Raum durchqueren sah. Herbert war ein Luftfahrt-Schriftsteller, der zwei mächtige britische Tagesblätter in Amerika repräsentierte. Er konnte unmöglich gehört haben, was der Kritiker über Courage geäußert hatte: doch er lächelte immer satanisch und hatte sein Glas in spöttischem Gruß gegen Alan erhoben.

Unter all den einhundertundsechzig Millionen Menschen in diesem Land war Herbert der einzige, der die Wahrheit kannte – er war der Vernehmungsoffizier gewesen nach jenem schicksalsvollen Bombenflug gegen Hamburg. Durch das Fenster auf den langsam sich bewegenden Verkehr 200 Fuß unter ihm hinabstarrend, erlebte es Alan wieder – so wie er es seit zig Jahren fast täglich erlebte. Jener unselige Hamburger Auftrag und dadurch die entnervende Vernehmung durch denselben Bert Herbert, der damals nicht Gruppen-Kapitän war.

Die kalte Verachtung in Herberts Augen war damals nicht zu übersehen, als er äußerlich in höflicher Zurückhaltung von den schweren Explosionen der Flakgranaten erzählte, die große Löcher in den Rumpf der Bomber gerissen hatten, und von den bohrenden Garben der Messerschmidt, die den Heckschützen getötet und den Piloten verwundet hatten.

„Wir hatten Nummer vier verloren und ein anderer rauchte schwer, als Gardner erklärte, jeder könne, wenn er wolle, abspringen", so hatte Alan Forster sich verantwortet. „Wir waren zu der Zeit westlich von Brüssel und hinter unseren Linien. Gardner sagte, er und Wilner wollten versuchen, nach Hause zu kommen", fügte er noch hinzu. „Beinahe hätten sie es auch geschafft", hatte Herbert dann weiter berichtet. Sie kamen etwa 40 km vor der Küste herunter. Die Schwierigkeit war, ohne Navigator an Bord ihren genauen Standort zu errechnen, sie konnten nur eine annähernde Standortmeldung durchsenden. Die Seenot-Rettung fand sie nicht vor Ablauf eines Zeitraumes von achtzehn Stunden. Gardner war mittlerweile tot – Blutverlust. Ohne Navigator an Bord! Der Navigator Alan Forster hatte darauf nichts gesagt.

Stillschweigend inbegriffen in Herberts Worte war der Vorwurf gewesen, daß Alan Forster, der zur Elite der Männer gehörte, im entscheidenden Augenblick nicht bei ihnen ausgeharrt, sondern den Fallschirmsprung in die Sicherheit vorgezogen hatte. Alan erinnerte sich, daß er in der Sekunde des Absprungs einen Stich des Bedauerns in seiner Brust gespürt hatte wie einen Schmerz; aber da gab es schon kein Zurück mehr. Er hatte seine Chance verfehlt. Der Geschwaderkommandant hatte dann Forsters Versetzung zum Küstenkommando verfügt. Sehr wichtiges Arbeitsfeld, Überwachung der Gewässer rund um unsere Insel. Viel Glück Forster.

Alan ergriff ein Exemplar seines neuen Buches. Auf dem Schutzumschlag war eine Fotografie – das Gesicht eines mageren, spitznasigen, jungen Mannes mit ein wenig nachdenklichen Augen. Er betrachtete das Bild teilnahmslos, als wäre es das Bild irgendeines Fremden.

Stirnrunzelnd schaute er auf, als ein fremdes, ungewisses Geräusch von außerhalb seines Fensters an sein Ohr drang. Er öffnete das Fenster und blickte hinaus. Er sah einen Abgrund von 20 Stockwerken bis hinunter zur Straße. Unter der Fensterbrüstung befand sich nur ein etwa 25 cm breiter Sims. Auf dem Sims, von links kommend, das Mädel aus dem Fahrstuhl. Ihre rechte Schulter lehnte sich gegen die Steinmauer der Hotelfront. Ein einziger Fehltritt würde sie ins Nichts schleudern, hinab auf den Gehsteig da unten. Alan starrte mit Schrecken auf sie. Er sah, daß sie bloßfüßig und in ihrem Pyjama war. Er sah auch ihre weitgeöffneten, starrblickenden Augen, und da wußte er: eine Schlafwandlerin!

Alans Mund war trocken. Eine schreckliche Welle der Furcht überkam ihn – Furcht vor sich selbst. Er bückte sich um seine Schuhe abzustreifen. Das Mädchen würde jeden Augenblick aufwachen, und in dem Moment würde sie abstürzen. Für den Rest seines Lebens würde Alan den Schrei hören, erst gellend, dann mit zunehmendem Fall verschwindend.

Du bekommst eine Chance, sagte er zu sich selbst – eine zweite Chance. Nimm sie, oder du wirst leben müssen mit ihrem Tod dazu!

Als er sich aus dem Fenster schwang, vermeinte er zu wissen, daß er eine besondere Art des Todes sterben würde. Er verleugnete sich, seine Sicherheit, für einen anderen. Wenn er aber nicht fiele, wenn er das Mädel irgendwie retten könnte, dann würde er sein eigenes Leben als ein Geschenk empfangen. Hier könnte er, der als Navigator bei Gardner versagte hatte, dafür ein anderes Menschenleben retten.

Er hielt seinen Rücken gegen die Straße, fühlte den rauhen Stein gegen seine Wange kratzen. Er bekämpfte den perversen Wunsch, seinen Kopf zu wenden und hinab zu blicken. Der Abgrund hinter ihm, dunkel und gähnend zog ihn an wie ein Magnet.

Er war auf halbem Weg zu dem Mädchen, als eine schwere Lufttransportmaschine vorüberflog. Ihr Propeller zermalmte die Luft mit höchster Tourenzahl. Das ganze Gebäude schien zu beben, als sie über ihren Köpfen dahindonnerte. Er sah des Mädchens Augenlider flackern. Nun war keine Zeit mehr zur Vorsicht. Bedenkenlos glitt er weiter den Sims entlang.

Als er nahe genug war, nahm er ihre Hand und sagte, befehlend und beruhigend: „Alles in Ordnung – ich bin hier bei Ihnen". Er mußte sie linde aus dem Schlaf holen. Wenn sie erschrak, würden sie beide auf den Gehsteig hinabplumpsen! „Schließen Sie Ihre Augen! Sie dürfen nicht hinuntersehen." Doch sie gewahrte die erleuchteten Fenster eines anderen Hotels auf der anderen Seite der Straße und ihre Augen weiteten sich vor Schreck.

Alan preßte seine Hand noch fester um die ihre. „Schauen Sie auf mich! Schauen Sie ständig auf mich! Es wird nichts geschehen. Wir gehen nun zurück!" Der Schock des Erwachens in höchster Lebensgefahr ließ sie erzittern und – Rettung bei dem Unbekannten suchen. Er glitt mit einem Fuß seitwärts, dann den anderen. Sie folgte. Zusammen, in langsamer Bewegung, glitten sie den Sims entlang.

Es waren nur ein paar Schritte zurück zu seinem Fenster, aber die Reise schien Stunden zu dauern. Dann berührte seine Hand die steinerne Leibung seines Fensters. Er bewegte sich rücklings weiter, bis sie beim Fenster war. „Gehen Sie hinein", sagte er, sie gehorchte. Er stieß gegen eine Mörtelfuge im Sims. Ein Schreck durchzuckte ihn. Doch jetzt rettete ihn die Hand des Mädchens, die er noch immer umklammert hielt.

Als auch er im Zimmer auf festem Boden stand, waren seine Knie plötzlich weich. Die Sicherheit erschien ihm unwirklich. Aber sie war wirklich. Ihre Hand lag warm in der seinen. Er wußte nicht einmal ihren Namen. Aber das erschien ihm unwichtig. Er legte ihr seinen Mantel um die Schultern. „Komm", sagte er. „Ich will dich zu deinem Vater zurückbringen."

WAS WEISST DU...

Was weißt Du vom Leben,
Was von der Not?
Vom machtlosen Streben,
Vom fehlenden Brot?
Wenn Kinder weinen,
Vor Hunger zermürbt,
Man müßte fast meinen,
Das Würmlein, es stirbt.
Geh hin und gib
Das fehlende Brot!
Verbanne die Armut,
Die grinsende Not!
Ein dankbares Lächeln,
Ein glücklicher Blick –
Mit all Deinen Gaben
Bring Frohsinn und Glück.

17. Juni 1954, Steyr OÖ.

GESTOHLENE FREUNDSCHAFT!

Kurt war herzlich dankbar dafür, daß er im Heim seines Neffen ein Obdach gefunden hatte, und trachtete seine Dankbarkeit ständig zu beweisen. Da er den Aufenthalt im Freien liebte, hielt er die Blumenbeete in peinlichster Ordnung, obwohl ihm das Hinknien schwer war und das Aufstehen noch mehr.

Wenn Inge, die Gattin seines Neffen, lange wegen Sitzungen in ihren Clubs ausblieb, dann bereitete Kurt das Abendessen und deckte den Tisch. Zu solchen Gelegenheiten rauschte dann Inge gewöhnlich atemlos herein und rief: „Onkel Kurt, du bist ein lieber Kerl!". Die Glut ihrer Worte erwärmten sein Herz allabendlich. Er war alt und sein Haar silbergrau, aber seine Augen noch immer ein unverwelktes Blau in seinem sonnenbronzierten Gesicht. Sein Verstand war scharf und sein Herz empfänglich. Er respektierte Inges Wunsch, jeden Stuhl und jede Vase gerade so und so zu stellen, und jede Blume und Staude säuberlich gepflegt zu haben.

Sein Neffe und Inge hatten keine Kinder. Aber sie waren vom Geschäft und sozialen Betätigungen ständig in Anspruch genommen. Kurt wußte, alles waren unbewußte ununterbrochene Anstrengungen, um den leeren Raum ihres Lebens auszufüllen. Er merkte wohl ihre Großherzigkeit, sonst hätten sie ihn nie in ihr Heim aufgenommen. Doch der gute Onkel war sehr einsam.

So standen die Dinge, als er den Hund kennenlernte. Er gehörte den Müllers, die erst neulich in das Siedlungshaus gegenüber eingezogen waren. Vormittags wartete der Hund stundenlang mit hündisch verlorener Geduld, daß die beiden Kinder aus der Schule kamen. Aber nachmittags, wenn die beiden Kinder aus der Schule kamen, platzte er in ihr Leben mit einer fröhlich rasenden Aktivität. Abends, nachdem die Kinder zu Bett gegangen waren, lag er ruhig vor der Tür, hob seinen Kopf begierig, wenn man ihm keine Beachtung schenkte.

Der alte Kurt beobachtete das alles wenn er im Garten arbeitete oder auf seinen Spaziergängen, die eines seiner wenigen Vergnügen waren. Der Hund ist einsam, genau wie ich, mochte er zu sich sagen, und jeden Tag verhielt er ein Weilchen vor dem Haus der Nachbarn und sprach sanft zu dem Hund. Der hob dann seinen Kopf zu sorgfältiger Betrachtung mit vorsichtigem Blick. Einmal, als Kurt stehen geblieben war, schlich der Hund zu ihm, drehte dann aber plötzlich um und schlich zum Haus zurück.

Mit der Zeit erfuhr Kurt, daß die Kinder den Hund Bello riefen. Er machte auch die Beobachtung, daß sich der Hund nie an einem Knochen ergötzte. Er fragte eines Tages Frau Müller im Scherz, ob sie etwas dagegen hätte, wenn er Bello einen Knochen mitbrächte. „Wahrhaftig, nein!", gab sie nur zur Antwort. „Ich fürchte, die Kinder sind die einzigen, die ihm Beachtung schenken. Wir würden uns nicht mit einem Hund belasten, wenn es nicht ihretwegen wäre." Als die Frau des Hauses zurückgetreten war, packte Kurt den Knochen aus, den er mitgebracht hatte. „Das wirst du schon mögen, Bursche", sagte er gütig, legte den Knochen ins Gras und ging zurück um an den Blumenbeeten zu arbeiten.

Am darauffolgenden Tag, als Kurt wieder hinüberging, kam der Hund näher. Schließlich kam der Moment, an dem er vorsichtig einen Knochen aus Kurts Hand nahm. Einen Tag später, als es keinen Knochen gab, ließ er Kurt seinen Kopf kurz berühren. Mit der Zeit begann der Hund auf Kurt zu achten, schweifwedelnd, mit erwartungsvollen Augen. Langsam, scheu, nahm ihre gegenseitige Bekanntschaft zu, eine reservierte Distanz behaltend, wie es sich unter Gentlemen gehört.

Eines Morgens, als Kurt bei seinem Spaziergang dahinschlenderte, fand er Bello hinter sich. Unsicher, einen Zuruf erwartend, folgte er ihm. Und dann, als ihn Kurt ansprach, begann Bello glücklich herumzutollen und die Büsche zu durchsuchen. Von da an unternahmen sie die täglichen Exkursionen gemeinsam.

Später begann Bello in den Hof zu kommen, wenn Kurt im Garten arbeitete. Seine Annäherungsversuche waren immer tastend, so, als wäre er schon oft zurückgewiesen worden. Seine Bernsteinaugen senkten sich tief in die Kurts, wenn er einen freundschaftlichen Klaps erwartete. Als ob er seine Freude nicht mehr fassen könnte, raste er in verrückten Kreisen umher, bis ihn Kurt zur Ruhe beschwatzte.

Eines Tages, als ihn Kurt tätschelte, hob der Hund die eine Seite seiner Lefzen in einer schmerzlichen Art von Grimasse. „Du lustiges Mistvieh", rief Kurt lachend aus „ich möchte wetten, du hast mir jetzt zugelächelt!"

Kleinweise verstärkte sich das Band zwischen dem alten Mann und dem Hund. Bellos Bernsteinaugen leuchteten auf, wenn Kurt aus der Tür trat. Er wedelte mit seinem Schweif wie verrückt und zerrte an Kurts Hose oder wälzte sich in einer Extase der Freude. Für Kurt begannen die Tage neues Leben und neuen Sinn zu bekommen, ohne daß es ihm voll bewußt wurde.

Bello kam nun öfters, sogar bei Nacht. Er wußte offenbar, wann Kurt allein war. Dann lief er zu der kleinen Veranda, von der man in das Zimmer Kurts kam, und wartete vor der Tür auf der Matte, bis Kurt seiner gewahr wurde. Er merkte wohl, daß er nie eingeladen wurde hereinzukommen, aber wenn Kurt heraustrat und sanfte, liebe Worte zu ihm sprach, ging er zufrieden nach Hause.

Es war Kurt nie in den Sinn gekommen, daß der Hund je von ihm genommen werden könnte. Die Neuigkeiten kamen plötzlich. Zuerst schwirrten Gerüchte durch die Nachbarschaft, daß die Müllers aufs Land ziehen würden. Als nächstes wurde ihr Haus verkauft, und dann, eines Tages, eines trüben Tages, fuhr der Möbelwagen vor.

Die Leere in Kurts Leben war die ersten Tage fast unerträglich. „Onkel Kurt, du arbeitest zu viel", sagte ihm Inge einmal, als er pausenlos von einer kleinen Aufgabe zur anderen hastete. „Muß mich geschmeidig erhalten", gab er lächelnd zurück. Er erzählte nichts über Bello. Er sagte nicht, daß ein Mann von 80 Jahren nicht gern einen Freund verliert. Er sagte überhaupt sehr wenig, aber nach einiger Zeit nahm er seine Spaziergänge wieder auf.

Es war in einer Nacht, etwa zwei Wochen später, als Inge und Kurt fortgefahren waren, als er das weiche Kratzen an seiner Tür hörte. Er wartete mit klopfendem Herzen, als dürfte er seinen Ohren nicht trauen. Dann kam das weiche Kratzen wieder, und mit plötzlicher, zitternder Freude ging er zur Tür und öffnete sie. Bello war müde und abgerissen, aber seine Bernsteinaugen leuchteten. Und als Kurt ihn anblickte, hob er eine Seite seiner Schnauze zu eifrigem heimlichen Lächeln. „Du hast mich nicht vergessen", wisperte Kurt. „Du bist zurückgekommen, zurück zu mir."

Aber er wußte, es war unrecht. Zu gern hätte seine Hand Bellos Kopf gestreichelt. Aber seine freundliche Begrüßung hätte wohl das Tier für immer zum Strolch gemacht. Sie beide konnten Freunde sein, die das Alleinsein teilten, solange der Hund in der Nachbarschaft lebte. Aber nun war sein rechtmäßiges Heim meilenweit von hier entfernt, und ein Hund, der in seiner Abhängigkeit so zerrissen wurde, war überhaupt kein Hund. Vielleicht verstand er Bello besser als die Müllers ihn verstanden, dachte Kurt. Doch die Kinder liebten den Hund.

Kurt zwang sich zur Erinnerung an Willi Müller, mit seinen um Bello geschlungenen Armen, zwang sich zu denken an Bello, wie er auf Forstpfaden Wachteln und Fasane jagte und über weit offene Felder bei den aufregenden ländlichen Geräuschen und Gerüchen tollte.

Als der Hund leise wimmerte und näher an Kurt rückte, wurde des alten Mannes Herz zwischen Freude und Seelenangst zerrissen. „Ich denke, du hast dein altes Haus verfehlt", sagte er, trat von der Tür zurück und schloß sie. Nach wenigen Augenblicken ging er zum Telefon. „Ich dachte ich muß Sie anrufen, bevor Sie sich sorgen", sagte er, als er Frau Müller am Draht hatte.

Als Herr Müller ankam, lag der Hund noch immer vor Kurts Tür, regungslos, mit bestürzten Augen. „Was soll ich mit dir tun?" fragte Herr Müller mürrisch den Hund. „Dich da draußen auf dem Land anbinden?"

Außer „Guten Morgen" und „Guten Abend" hatte Kurt noch nie zuvor ein Wort mit Herrn Müller gesprochen. Nun sagte er: „Das ist ein feiner Hund. Ich weiß, Sie kauften ihn für Ihre Kinder. Aber ein Teil von ihm braucht auch Sie, wenn Sie es einem alten Mann nicht verübeln, Ihnen dies zu sagen". Er machte einen Moment verwirrt Pause und fuhr fort: „Sprechen Sie zu ihm. Lassen Sie ihn bei Nacht an Ihrem Feuer liegen. Spazieren Sie mit ihm durch die Wälder, nehmen Sie ihn zur Jagd mit. Lernen Sie ihn kennen und Sie werden es nie bereuen. Zwei Kinder, Landfreiheit, einen Mann für die beständige Treue – das ist das Paradies für einen Hund".

Herr Müller lauschte. Selbstverständlich war er böse gewesen, daß er eine so lange Reise zur Stadt machen mußte. Aber als er auf Kurt blickte und dann herab auf den wartenden Hund, änderten sich seine Gesichtszüge. „Ja, Sie haben wohl recht", sagte er. „Ich hatte das nie bedacht." Er klopfte dem Hund freundlich auf den Kopf. „Na alter Kumpan, wie wäre es mit dem Heimgehen?" Bello zögerte und schaute dann mit unsicheren Augen auf Kurt. Mit einem Gefühl großer Leere wußte dieser, es war vorbei. Er würde den Hund nie wiedersehen. „Geh heim Bello", sagte er mit ruhiger Autorität. „Geh heim Junge."

LEBENSBETRACHTUNG!
Wunder, oh Wunder!

Wenn einen das Schicksal zwickt und zwackt, und man in einer Sackgasse gelandet ist, erwartet man sich ganz dringend ein Wunder! Wenigstens ein kleines Wunder. Ein größeres Wunder wäre natürlich besser.

Aber in verzweifelten Situationen ist man schon mit einem winzig kleinen Wunder zufrieden. Dabei vergißt man die täglichen kleinen Wunder, die uns widerfahren, uns beschert werden, die uns immer wieder aufs neue erreichen, wenn die Kinder heil von der Schule heimkommen, wenn man eine sehr schwere Krankheit überwindet.

Ein Wunder, wenn man jeden Morgen neu erwacht. Sind es nicht viele kleine Wunder, die manche Eltern für ihre Familie zustande bringen! Allein Mütter vollbringen doch täglich ein Wunder! Ein sehr großes Wunder, was unsere Ärzte, Tag und Nacht zu leisten imstande sind.

Es ist wie ein Wunder, daß die Sonne jeden Tag scheint, die Blumen blühen, ja die ganze Natur in ihrer herrlichen Vielfalt. Der Winter deckt die Erde mit seiner weißen Pracht, damit wieder neues Leben erwacht! Wahrlich ein Wunder! Ach du herrliches Wunder der Natur!

Man erwartet sich immer ein Wunder, wenn es im Leben mal nicht so funktioniert wie erwartet, übersieht dabei das Leben an und für sich alles was da kreucht und fleucht. Ein Riesenwunder in der heutigen Zeit, noch gute Menschen zu finden; das größte Wunder, für mich! Scheinbar ist man sich dessen gar nicht mehr bewußt! Alles ist selbstverständlich geworden. Gäbe es nicht weniger Neid und Haß unter den lieben Menschen, wenn man sich dessen bewußt werden würde.

Der Glaube versetzt Berge. Allein das ist ein Wunder. Der Glaube an mich, an meine Kraft, Vertrauen darauf, daß man sich selbst ein Wunder schafft. Es schaffen kann! Ein Wunder, daß ich sehen und hören kann.

Aufgeschlossen, mit positiver Einstellung zum Leben, und die vielen Wunder, die uns unser Herrgott immer wieder beschert, erkennen. Nur so werden wir keine extra großen Wunder benötigen.

LUFTSCHLÖSSER!

Man möchte im Leben so vieles erreichen!
Die Luftschlösser türmen sich ohnegleichen.
Man richtet sie ein, baut sie schön aus,
Es fehlen die nötigen Mittel – oh Graus!

Nun ja – dies Luftschloß war viel zu schwer.
Ein neues Vorhaben muß jetzt her.
Da wird es bestimmt besser geh'n –
Mit ein bißchen Glück! – Wir werden seh'n!

Der Versuch beim nächsten Projekt,
Das noch in den Kinderschuhen steckt,
Da tüftelst du mit allen Raffinessen.
Es ist zu teuer, das kannst auch vergessen.

So träumst du und rechnest ein Leben lang.
Auf einmal wird dir ganz angst und bang,
Du bist über 70zig, was kann da noch gelingen?
Kann man nochmal von vorne beginnen?

So hoffst du und darbst ein ganzes Leben,
Ohne Glück, ohne Erfolg, dein zähes Streben.
Ohne Hoffnung begräbst du dein letztes Projekt,
Das Gott sei's gedankt noch in den Anfängen steckt.

Es kann eben im Leben nichts so sein wie man will,
Der Herrgott sagt: Schluß, und dein Werkel steht still.

Wien, am 17. April 1988

Wenn Sie über meine Zeilen
lachen können,
ein Weilchen die Sorgen vergessen,
ist mein Bestreben erfüllt!

Autorin

Lilly Bartel-Uhlik wurde 1920 in Bruck an der Leitha geboren und verbrachte auch dort ihre Kindheit.

Lilly Bartel-Uhlik
A-1210 Wien
Herzmanovsky-Orlando-Gasse 5/16/11

Ihre Lehrjahre absolvierte sie in Berlin und war dann in der Bildberichterstattung tätig.

Später war sie wehrdienstverpflichtet.

Nach dem Krieg landete sie mit ihrem Baby in einem Flüchtlingslager in Salzburg.

Sie fand dann eine Anstellung bei USA-Military-Goverment AREA-Command in Salzburg.

Bis 1963 war sie freischaffend in Wien tätig.

Es folgten dann Anstellungen im Außendienst und Büro, bis sie schließlich 1975 in den Ruhestand trat.